ŒUVRES & THÈMES

Molière

Les Fourberies de Scapin

Texte intégral

Dossier thématique

Conquérir son indépendance

Notes et dossier

Adeline Sarperi,
agrégée de lettres classiques

Michèle Busseron-Coupel,
agrégée de lettres classiques

Paris 2020
ISBN 978-2-401-06352-5

Hatier

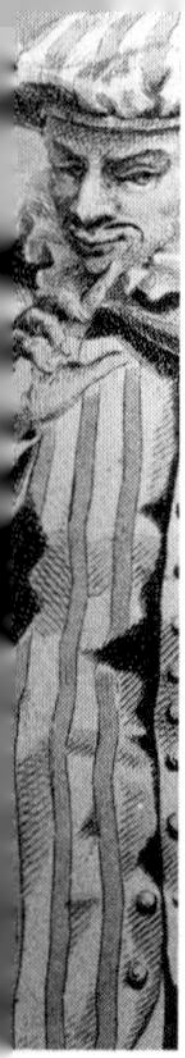

SOMMAIRE

Les Fourberies de Scapin

CARNET DE LECTURE

QUESTIONS SUR...

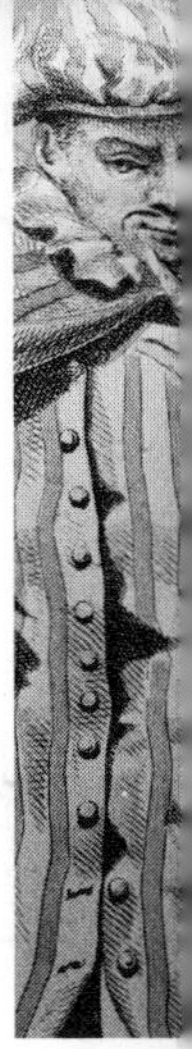

DOSSIER : CONQUÉRIR SON INDÉPENDANCE

La Vie scolaire (2019), film de Grand Corps Malade (Fabien Marsaud) et Mehdi Idir, avec Liam Pierron (dans le rôle de Yanis Bensaadi) et Ibrahim Dramé (dans le rôle de Lamine).

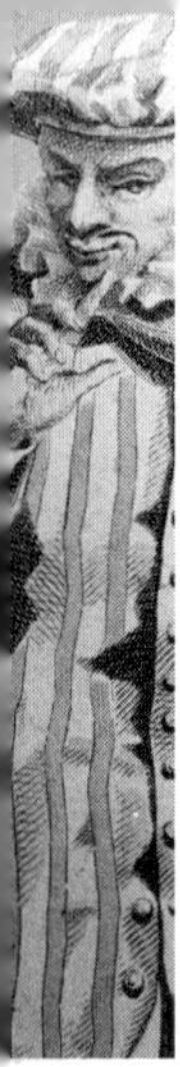

LES REPÈRES CLÉS

Le contexte historique

La monarchie absolue de Louis XIV

► Le **roi Louis XIV** (1638-1715) n'a que **cinq ans** à la mort de son père, le roi Louis XIII. Sa mère, Anne d'Autriche, devient régente et gouverne la France avec l'aide du cardinal Mazarin. À la mort de ce dernier, en 1661, commence le règne personnel du jeune roi.

► Louis XIV s'impose très vite comme un **monarque absolu de droit divin** ; ne dira-t-il pas : « L'État, c'est moi » à seulement 16 ans !

L'évolution du règne

► Avec l'aide de Colbert, son ministre des finances, Louis XIV favorise **l'agriculture et le développement du commerce et des colonies.**

► Les **bourgeois** – artisans, commerçants, financiers – **s'enrichissent** et achètent des terres et des titres de noblesse.

► Cependant, le train de vie de la Cour et des guerres coûteuses finissent par ruiner le pays ; **la monarchie devient impopulaire** à l'aube du XVIIIe siècle.

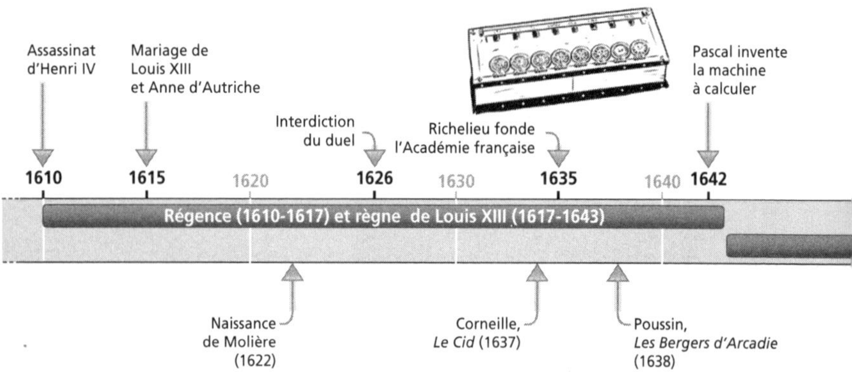

Le contexte culturel

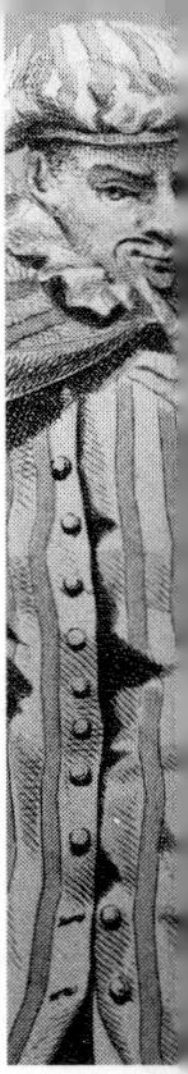

Le Roi-Soleil, protecteur des arts

▸ Louis XIV, qui se faisait représenter sous les traits du **dieu solaire Apollon**, se veut comme lui le protecteur des arts.

Encourageant les meilleurs artistes, il les met au service de la gloire de son règne.

▸ Lully et Molière créent pour lui des fêtes somptueuses avec comédies-ballets dans les jardins du château de Versailles.

Celui-ci devient le symbole de l'art classique français grâce à l'architecte Mansart, au peintre Le Brun et au paysagiste Le Nôtre.

Le classicisme en France

▸ Le XVIIe siècle est le **siècle du théâtre** : Corneille écrit sa dernière tragédie, *Suréna*, en 1674, alors que son rival Racine est au sommet de sa gloire ; Molière donne ses lettres de noblesse à la comédie.

▸ La **culture classique française** rayonne dans toute l'Europe : en témoignent notamment les *Satires* de Boileau, les *Fables* de La Fontaine, les *Lettres* de Mme de Sévigné.

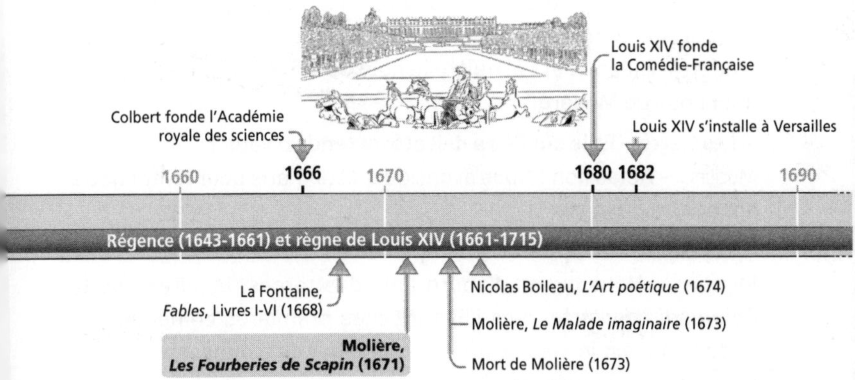

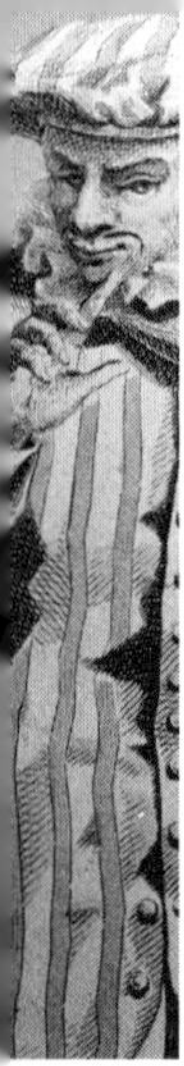

UN ENTRETIEN IMAGINAIRE AVEC MOLIÈRE

Nous sommes le 23 mai 1671, veille de la première représentation des Fourberies de Scapin, *au théâtre du Palais Royal, à Paris. Des élèves sont venus interviewer le grand Molière.*

▸ LES ÉLÈVES. – **Bonjour monsieur de Molière ! Merci d'avoir accepté de nous accueillir.**
Comment vous est venue l'envie de faire du théâtre ?

MOLIÈRE. – Eh bien, lorsque j'avais votre âge, je n'étais pas du tout destiné au métier de comédien ! Je suis né en 1622 dans une famille bourgeoise parisienne. Mon père, Jean Poquelin, était le tapissier du roi. J'étais voué tout naturellement à lui succéder dans cette fonction. J'ai suivi des études classiques, au collège de Clermont, comme vous, pour devenir avocat.
Mais, depuis l'enfance, j'ai la passion de la comédie : mon grand-père m'emmenait souvent voir les farces des comédiens italiens sur le Pont-Neuf. Plus tard, en 1643, une rencontre a bouleversé ma vie : j'ai croisé la route d'une belle comédienne, Madeleine Béjart, dont je suis tombé amoureux ! Avec ses frères, nous avons fondé l'Illustre-Théâtre, et j'ai quitté le nom de Jean-Baptiste Poquelin pour celui de Molière.

▸ LES ÉLÈVES – **Et le succès a-t-il été au rendez-vous ?**

MOLIÈRE. – Hélas non ! Nous avons dû quitter Paris pour tenter notre chance en province.

▸ LES ÉLÈVES – **Quel était votre répertoire ?**

MOLIÈRE. – Nous avons d'abord joué des farces, inspirées de la *Commedia dell'arte*, puis j'ai écrit mes premières comédies. Au fil des années, je suis devenu auteur, chef de troupe, metteur en scène et passionnément acteur !

▸ Les élèves. – **Quand êtes-vous revenu à Paris ?**

Molière. – En 1658. Et c'est alors que j'ai obtenu le privilège de jouer devant le roi et de le faire rire avec une farce de ma composition, *Le Docteur amoureux*. Louis XIV nous a accordé une pension et le droit de jouer au théâtre du Petit-Bourbon. Mon premier vrai triomphe parisien, je l'ai eu avec *Les Précieuses Ridicules*, en 1659 ; puis j'ai enchaîné les créations à succès : *L'École des femmes, Le Misanthrope, Le Médecin malgré lui, L'Avare*. Enfin, Louis XIV m'a demandé de collaborer avec le musicien italien, Lully ; et nous avons créé ensemble onze comédies-ballets entre 1665 et 1671.

▸ Les élèves. – **Merci de nous avoir accordé cet entretien, monsieur de Molière. Nous vous souhaitons un grand succès avec votre nouvelle pièce, *Les Fourberies de Scapin* !**

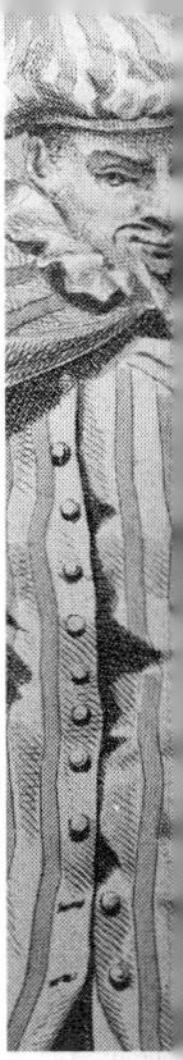

Molière meurt deux ans plus tard d'une maladie pulmonaire : il est pris d'un malaise sur scène alors qu'il joue le rôle titre de sa dernière pièce, *Le Malade imaginaire*.

Nicolas André Monsiau (1754-1837), *Molière lisant Tartuffe chez Ninon de Lenclos*, 1802. Huile sur toile, 65 × 97 cm. Paris, bibliothèque de la Comédie-Française.

POUR EN SAVOIR PLUS

La genèse de la pièce

Les circonstances de l'écriture

▸ En 1671, le roi souhaite donner aux Tuileries un spectacle fastueux avec ballets et intermèdes musicaux. Molière propose de mettre en scène l'histoire de *Psyché*, un personnage de la mythologie grecque. Il travaille avec Corneille, l'auteur du *Cid*, et avec le compositeur Lully. La tragédie-ballet, *Psyché*, créée le 17 janvier, connaît un grand succès.

▸ Après son triomphe à la Cour, Molière aimerait représenter cette pièce au théâtre du Palais-Royal. Or la salle n'est pas adaptée pour un grand spectacle. Des travaux de rénovation sont donc lancés... Mais que proposer au public parisien pendant ce temps ?

▸ Molière écrit donc assez vite une comédie en trois actes, en prose, qui ne nécessite qu'un décor sommaire, et il l'intitule *Les Fourberies de Scapin*.

Un immense succès, mais tardif

▸ La première représentation a lieu le 24 mai 1671 au théâtre du Palais-Royal. Mais le succès est médiocre et les représentations s'espacent rapidement : Molière n'interprètera que dix-huit fois le rôle de Scapin jusqu'à sa mort en 1673.

▸ Après la mort de Molière, la pièce est reprise par les comédiens de sa troupe et remporte un triomphe qui ne s'est jamais démenti depuis lors : la pièce est l'une des plus jouées. Le rôle de Scapin a été interprété par de grands acteurs, comme Daniel Auteuil en 1990 au Festival d'Avignon, Philippe Torreton en 1997 à la Comédie-Française, Benjamin Lavernhe en 2020 dans la mise en scène de Denis Podalydès.

LES SOURCES DE LA PIÈCE

La comédie latine
Molière s'est inspiré d'une comédie latine, *Phormion* : son auteur, Térence (v. 190-159 av. J.-C.), met en scène des jeunes gens qui tombent amoureux pendant le voyage de leurs pères...

La farce du Moyen Âge
Lors des foires, des comédiens ambulants intercalent entre des pièces sérieuses à sujet religieux, des épisodes comiques appelés farces (car ils « farcissent » le spectacle) : leur comique est facile (coups de bâton, poursuites, injures...) et l'intrigue repose sur une tromperie. Dès le XIIIe siècle, la farce devient un spectacle à part entière.

La *Commedia dell'arte*
C'est un genre venu d'Italie, très populaire en France. Les comédiens jouent masqués et improvisent textes et jeux de scène à partir d'un canevas simple. Molière en a gardé les personnages-types et le comique de gestes, les mimiques exagérées.

LES INTENTIONS DE MOLIÈRE

Peindre d'après nature
Pour Molière, la comédie doit peindre la nature humaine et corriger par le rire les défauts des hommes : l'avarice, la prétention, la poltronnerie... Elle a donc une fonction morale.

Plaire et divertir
Molière cherche avant tout à plaire au public. Ses pièces sont écrites pour susciter le rire : imitations d'accents étrangers, « méchants » roués de coups, fous rires de coquette...

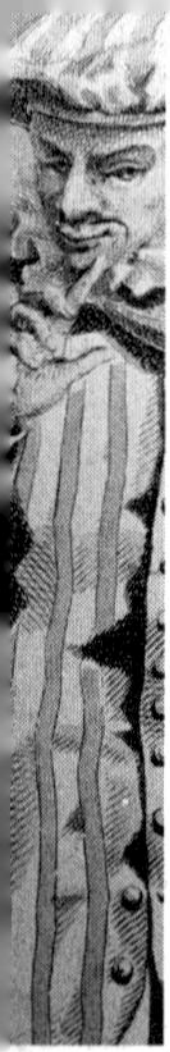

Pourquoi cette pièce devrait te plaire

Tu aimes les **blagues** et les **farces** ? Alors fais-toi plaisir en lisant la célèbre pièce de Molière : *Les Fourberies de Scapin* !

Tu découvriras le monde grouillant de vie d'un **port méditerranéen** : bateaux qui accostent et ramènent à **Naples** des pères autoritaires ; jeunes gens en panique ; rapts et enlèvements ; amours contariées...

Fourberies ? Oui, **ruses** et **tromperies** d'un personnage malin, qui a plus d'un tour dans son sac ! Imagine un valet italien, Scappino ou plutôt Scapin dans notre langue. Un bavard qui réussit à étourdir de paroles deux vieillards grincheux et avares, à les tromper grâce à son **génie inventif** et à son **talent d'imitateur** !

Mais dans quel but ? Pour **se venger** de quelques coups de bâton ? pour **prendre sa revanche** sur ses maîtres ? pour s'amuser, tout simplement ? Oui, peut-être bien... Mais surtout – et cela devrait te plaire –, pour faire triompher **l'amour** et **la jeunesse** !

Les Fourberies de Scapin

Les Fourberies de Scapin (1981), film de et avec Roger Coggio (Scapin), Fanny Cottencon (Hyacinte) et Michel Galabru (Géronte).

Les personnages

ARGANTE, *père d'Octave et de Zerbinette.*

GÉRONTE, *père de Léandre et de Hyacinte.*

OCTAVE, *fils d'Argante, et amant de Hyacinte.*

LÉANDRE, *fils de Géronte, et amant de Zerbinette.*

ZERBINETTE, *crue égyptienne, et reconnue fille d'Argante, et amante de Léandre.*

HYACINTE, *fille de Géronte, et amante d'Octave.*

SCAPIN, *valet de Léandre, et fourbe.*

SYLVESTRE, *valet d'Octave.*

NÉRINE, *nourrice de Hyacinte.*

CARLE, *fourbe.*

La scène est à Naples.

Scène première

OCTAVE, SYLVESTRE.

OCTAVE. – Ah ! fâcheuses nouvelles pour un cœur amoureux ! Dures extrémités où je me vois réduit ![1] Tu viens, Sylvestre, d'apprendre au port[2] que mon père revient ?

SYLVESTRE. – Oui.

OCTAVE. – Qu'il arrive ce matin même ?

SYLVESTRE. – Ce matin même.

OCTAVE. – Et qu'il revient dans la résolution de me marier ?

SYLVESTRE. – Oui.

OCTAVE. – Avec une fille du seigneur Géronte ?

SYLVESTRE. – Du seigneur Géronte.

OCTAVE. – Et que cette fille est mandée[3] de Tarente[4] ici pour cela ?

SYLVESTRE. – Oui.

OCTAVE. – Et tu tiens ces nouvelles de mon oncle ?

SYLVESTRE. – De votre oncle.

OCTAVE. – À qui mon père les a mandées[5] par une lettre ?

SYLVESTRE. – Par une lettre.

OCTAVE. – Et cet oncle, dis-tu, sait toutes nos affaires ?

1. **Dures extrémités où je me vois réduit ! :** c'est une véritable catastrophe qui s'abat sur moi !
2. **Port :** l'action se déroule à Naples, ville de l'Italie du Sud.
3. **Cette fille est mandée :** on fait venir cette fille.
4. **Tarente :** port du sud de l'Italie.
5. **Les a mandées :** les a communiquées (autre sens du verbe « mander »).

SYLVESTRE. – Toutes nos affaires.

OCTAVE. – Ah ! parle, si tu veux, et ne te fais point de la sorte arracher les mots de la bouche.

SYLVESTRE. – Qu'ai-je à parler davantage ? Vous n'oubliez aucune circonstance, et vous dites les choses tout justement comme elles sont.

OCTAVE. – Conseille-moi, du moins, et me dis[6] ce que je dois faire dans ces cruelles conjonctures[7].

SYLVESTRE. – Ma foi, je m'y trouve autant embarrassé que vous, et j'aurais bon besoin[8] que l'on me conseillât moi-même.

OCTAVE. – Je suis assassiné par ce maudit retour.

SYLVESTRE. – Je ne le suis pas moins.

OCTAVE. – Lorsque mon père apprendra les choses, je vais voir fondre sur moi un orage soudain d'impétueuses réprimandes[9].

SYLVESTRE. – Les réprimandes ne sont rien, et plût au Ciel que j'en fusse quitte à ce prix ![10] Mais, j'ai bien la mine, pour moi[11], de payer plus cher vos folies, et je vois se former de loin un nuage de coups de bâton[12] qui crèvera sur mes épaules.

OCTAVE. – Ô Ciel ! par où sortir de l'embarras où je me trouve ?

---

6. Me dis : dis-moi.
7. Ces cruelles conjonctures : ces circonstances difficiles.
8. Bon besoin : bien besoin.
9. Impétueuses réprimandes : vifs reproches.
10. Plût au ciel que j'en fusse quitte à ce prix ! : Ah ! si je pouvais ne m'en sortir que par des reproches !
11. J'ai bien la mine, pour moi : je suis bien du genre.
12. Un nuage de coups de bâton : Sylvestre risque une punition, car il avait la charge de veiller sur Octave durant l'absence d'Argante.

SYLVESTRE. – C'est à quoi vous deviez songer avant que de vous y jeter.

OCTAVE. – Ah ! tu me fais mourir par tes leçons hors de saison[13].

SYLVESTRE. – Vous me faites bien plus mourir par vos actions étourdies.

OCTAVE. – Que dois-je faire ? Quelle résolution prendre ? À quel remède recourir ?

Les Fourberies de Scapin (2011), mise en scène de et avec Jacques Bachelier (dans le rôle de Scapin), Yvon Wust (dans le rôle de Sylvestre) et Pierre Mirgaine (dans le rôle d'Octave).

13. Hors de saison : qui n'arrivent pas au bon moment.

Scène 2

SCAPIN, OCTAVE, SYLVESTRE.

SCAPIN. – Qu'est-ce, seigneur Octave ? qu'avez-vous ? qu'y a-t-il ? quel désordre est-ce là ? Je vous vois tout troublé.

OCTAVE. – Ah ! mon pauvre Scapin, je suis perdu, je suis désespéré, je suis le plus infortuné[14] de tous les hommes !

SCAPIN. – Comment ?

OCTAVE. – N'as-tu rien appris de ce qui me regarde[15] ?

SCAPIN. – Non.

OCTAVE. – Mon père arrive avec le seigneur Géronte, et ils me veulent marier.

SCAPIN. – Eh bien ! qu'y a-t-il là de si funeste ?

OCTAVE. – Hélas ! tu ne sais pas la cause de mon inquiétude.

SCAPIN. – Non ; mais il ne tiendra qu'à vous que je la sache bientôt ; et je suis homme consolatif[16], homme à m'intéresser aux affaires des jeunes gens.

OCTAVE. – Ah ! Scapin, si tu pouvais trouver quelque invention, forger quelque machine[17], pour me tirer de la peine[18] où je suis, je croirais t'être redevable de plus que de la vie.

---

14. Infortuné : malheureux.
15. De ce qui me regarde : en ce qui me concerne.
16. Consolatif : qui aime consoler.
17. Forger quelque machine : imaginer une ruse.
18. Me tirer de la peine : me sortir de l'embarras.

SCAPIN. – À vous dire la vérité, il y a peu de choses qui me soient impossibles, quand je m'en veux mêler. J'ai sans doute[19] reçu du Ciel un génie assez beau pour toutes les fabriques[20] de ces gentillesses d'esprit[21], de ces galanteries ingénieuses[22], à qui le vulgaire[23] ignorant donne le nom de fourberies, et je puis dire sans vanité[24] qu'on n'a guère vu d'homme qui fût plus habile ouvrier de ressorts et d'intrigues[25], qui ait acquis plus de gloire que moi dans ce noble métier. Mais, ma foi, le mérite est trop maltraité aujourd'hui, et j'ai renoncé à toutes choses depuis certain chagrin[26] d'une affaire qui m'arriva.

OCTAVE. – Comment ? Quelle affaire, Scapin ?

SCAPIN. – Une aventure où je me brouillai avec la justice.

OCTAVE. – La justice !

SCAPIN. – Oui, nous eûmes un petit démêlé[27] ensemble.

SYLVESTRE. – Toi et la justice ?

SCAPIN. – Oui. Elle en usa fort mal[28] avec moi, et je me dépitai de telle sorte contre l'ingratitude du siècle[29], que je résolus de ne plus rien faire. Baste ![30] Ne laissez pas de me conter[31] votre aventure.

---

19. **Sans doute :** sans aucun doute.
20. **Les fabriques :** les inventions.
21. **Ces gentillesses d'esprit :** ces tours d'adresse.
22. **Ces galanteries ingénieuses :** ces ruses adroites.
23. **Le vulgaire :** les gens.
24. **Sans vanité :** sans me vanter.
25. **Habile ouvrier de ressorts et d'intrigues :** habile à inventer des moyens et des bons tours pour résoudre une affaire.
26. **Chagrin :** ennui.
27. **Un petit démêlé :** une petite brouille.
28. **Elle en usa fort mal :** elle a mal agi.
29. **Je me dépitai de telle sorte contre l'ingratitude du siècle :** je fus tellement déçu par le manque de reconnaissance des gens.
30. **Baste ! :** Suffit !
31. **Ne laissez pas de me conter :** continuez de me raconter.

OCTAVE. – Tu sais, Scapin, qu'il y a deux mois que le seigneur Géronte et mon père s'embarquèrent ensemble pour un voyage qui regarde certain commerce où leurs intérêts sont mêlés.

SCAPIN. – Je sais cela.

OCTAVE. – Et que Léandre et moi nous fûmes laissés par nos pères, moi sous la conduite de Sylvestre, et Léandre sous ta direction.

SCAPIN. – Oui. Je me suis fort bien acquitté de ma charge[32].

OCTAVE. – Quelque temps après, Léandre fit rencontre d'une jeune Égyptienne[33] dont il devint amoureux.

SCAPIN. – Je sais cela encore.

OCTAVE. – Comme nous sommes grands amis, il me fit aussitôt confidence de son amour et me mena voir cette fille, que je trouvai belle à la vérité, mais non pas tant qu'il voulait que je la trouvasse. Il ne m'entretenait que d'elle[34] chaque jour, m'exagérait à tous moments sa beauté et sa grâce, me louait son esprit[35] et me parlait avec transport[36] des charmes de son entretien[37], dont il me rapportait jusqu'aux moindres paroles, qu'il s'efforçait toujours de me faire trouver les plus spirituelles du monde. Il me querellait quelquefois de n'être pas assez sensible aux choses qu'il me venait dire, et me blâmait sans cesse de l'indifférence[38] où j'étais pour les feux de l'amour.

---

32. **Je me suis fort bien acquitté de ma charge :** j'ai rempli correctement ma fonction.
33. **Une jeune Égyptienne :** au XVIIe siècle, le terme « Égyptien » désigne les gens du voyage, diseurs de bonne aventure (acte III, scène 3, l. 290-291).
34. **Il ne m'entretenait que d'elle :** il ne me parlait que d'elle.
35. **Me louait son esprit :** me faisait des éloges sur son intelligence.
36. **Avec transport :** avec passion.
37. **De son entretien :** sa conversation.
38. **Me blâmait [...] de l'indifférence :** me reprochait mon indifférence.

Scapin. – Je ne vois pas encore où ceci veut aller.

Octave. – Un jour que je l'accompagnais pour aller chez les gens qui gardent l'objet de ses vœux[39], nous entendîmes dans une petite maison d'une rue écartée quelques plaintes mêlées de beaucoup de sanglots. Nous demandons ce que c'est. Une femme nous dit en soupirant que nous pouvions voir là quelque chose de pitoyable en des personnes étrangères, et qu'à moins d'être insensibles, nous en serions touchés.

Scapin. – Où est-ce que cela nous mène ?

Octave. – La curiosité me fit presser Léandre de voir ce que c'était. Nous entrons dans une salle, où nous voyons une vieille femme mourante, assistée d'une servante qui faisait des regrets[40], et d'une jeune fille toute fondante en larmes, la plus belle et la plus touchante qu'on puisse jamais voir.

Scapin. – Ah, ah !

Octave. – Une autre aurait paru effroyable en l'état où elle était, car elle n'avait pour habillement qu'une méchante[41] petite jupe, avec des brassières[42] de nuit qui étaient de simple futaine[43], et sa coiffure était une cornette[44] jaune, retroussée au haut de sa tête, qui laissait tomber en désordre ses cheveux sur ses épaules ; et cependant, faite comme cela, elle brillait de mille

39. L'objet de ses vœux : la jeune fille qu'il aime.
40. Faisait des regrets : se lamentait.
41. Méchante : simple.
42. Brassières : petite chemise qui couvre les bras et le haut du corps (le mot s'employait au pluriel au XVIIe siècle).
43. De simple futaine : en tissu de lin et de coton grossier.
44. Une cornette : un bonnet de nuit.

O = Leandre

attraits, et ce n'était qu'agréments et que charmes que toute sa personne.

SCAPIN. – Je sens venir les choses.

OCTAVE. – Si tu l'avais vue, Scapin, en l'état que je dis, tu l'aurais trouvée admirable.

SCAPIN. – Oh ! je n'en doute point ; et, sans l'avoir vue, je vois bien qu'elle était tout à fait charmante.

OCTAVE. – Ses larmes n'étaient point de ces larmes désagréables qui défigurent un visage : elle avait, à pleurer, une grâce touchante, et sa douleur était la plus belle du monde.

SCAPIN. – Je vois tout cela.

OCTAVE. – Elle faisait fondre chacun en larmes en se jetant amoureusement[45] sur le corps de cette mourante, qu'elle appelait sa chère mère, et il n'y avait personne qui n'eût l'âme percée[46] de voir un si bon naturel[47].

SCAPIN. – En effet, cela est touchant, et je vois bien que ce bon naturel-là vous la fit aimer.

OCTAVE. – Ah ! Scapin, un barbare l'aurait aimée.

SCAPIN. – Assurément. Le moyen de s'en empêcher !

OCTAVE. – Après quelques paroles dont je tâchai d'adoucir la douleur de cette charmante affligée[48], nous sortîmes de là et, demandant à Léandre ce qui lui semblait de cette personne, il me répondit froidement qu'il la trouvait assez jolie. Je fus piqué[49] de la froideur avec laquelle il m'en

---

45. Amoureusement : avec une grande affection.
46. Qui n'eût l'âme percée : qui ne fût touché.
47. Un si bon naturel : une si bonne nature.
48. Affligée : malheureuse.
49. Piqué : blessé.

parlait, et je ne voulus point lui découvrir l'effet que ses beautés avaient fait sur mon âme.

SYLVESTRE, *à Octave*. – Si vous n'abrégez ce récit, nous en voilà pour jusqu'à demain. Laissez-le-moi finir en deux mots. *(À Scapin.)* Son cœur prend feu dès ce moment. Il ne saurait plus vivre qu'il n'aille consoler[50] son aimable affligée. Ses fréquentes visites sont rejetées de la servante, devenue la gouvernante par le trépas[51] de la mère : voilà mon homme au désespoir. Il presse, supplie, conjure : point d'affaire[52]. On lui dit que la fille, quoique sans bien et sans appui, est de famille honnête et qu'à moins que de l'épouser, on ne peut souffrir ses poursuites[53] ; voilà son amour augmenté par les difficultés. Il consulte[54] dans sa tête, agite[55], raisonne, balance[56], prend sa résolution : le voilà marié avec elle depuis trois jours.

SCAPIN. – J'entends[57].

SYLVESTRE. – Maintenant, mets avec cela le retour imprévu du père, qu'on n'attendait que dans deux mois ; la découverte que l'oncle a faite du secret de notre mariage, et l'autre mariage qu'on veut faire de lui[58] avec la fille que le seigneur Géronte a eue d'une seconde femme qu'on dit qu'il a épousée à Tarente.

---

50. Qu'il n'aille consoler : sans qu'il n'aille consoler.
51. Le trépas : la mort.
52. Point d'affaire : rien à faire.
53. Souffrir ses poursuites : accepter qu'il continue à la voir.
54. Il consulte : il réfléchit.
55. Il agite : il retourne les choses en tous sens.
56. Il balance : il hésite.
57. J'entends : je comprends.
58. Lui : Octave.

OCTAVE. – Et par-dessus tout cela, mets encore l'indigence[59] où se trouve cette aimable personne et l'impuissance où je me vois d'avoir de quoi la secourir.

SCAPIN. – Est-ce là tout ? Vous voilà bien embarrassés tous deux pour une bagatelle[60] ! C'est bien là de quoi se tant alarmer ! N'as-tu point de honte, toi[61], de demeurer court à si peu de chose[62] ? Que diable ! te voilà grand et gros comme père et mère, et tu ne saurais trouver dans ta tête, forger dans ton esprit, quelque ruse galante[63], quelque honnête petit stratagème[64], pour ajuster[65] vos affaires ? Fi ! Peste soit du butor[66] ! Je voudrais bien que l'on m'eût donné autrefois nos vieillards à duper[67] : je les aurais joués tous deux par-dessous la jambe[68], et je n'étais pas plus grand que cela que je me signalais déjà par cent tours d'adresse jolis[69].

SYLVESTRE. – J'avoue que le Ciel ne m'a pas donné tes talents, et que je n'ai pas l'esprit, comme toi, de me brouiller avec la justice.

OCTAVE. – Voici mon aimable Hyacinte.

---

59. **L'indigence :** la pauvreté extrême.
60. **Pour une bagatelle :** pour peu de choses.
61. **Toi :** Scapin s'adresse à Sylvestre.
62. **Demeurer court à si peu de chose :** être démuni pour si peu.
63. **Galante :** habile.
64. **Quelque honnête petit stratagème :** quelque bon petit tour.
65. **Ajuster :** arranger.
66. **Butor :** sot.
67. **Duper :** tromper.
68. **Je les aurais joués tous deux par-dessous la jambe :** je les aurais trompés sans peine tous les deux.
69. **Jolis :** bien menés.

ACTE PREMIER

Scène 3

HYACINTE, OCTAVE, SCAPIN, SYLVESTRE.

HYACINTE. – Ah ! Octave, est-il vrai ce que Sylvestre vient de dire à Nérine, que votre père est de retour et qu'il veut vous marier ?

OCTAVE. – Oui, belle Hyacinte, et ces nouvelles m'ont donné une atteinte cruelle[70]. Mais que vois-je ? vous pleurez ? Pourquoi ces larmes ? Me soupçonnez-vous, dites-moi, de quelque infidélité, et n'êtes-vous pas assurée de l'amour que j'ai pour vous ?

HYACINTE. – Oui, Octave, je suis sûre que vous m'aimez, mais je ne le suis pas que vous m'aimiez toujours.

OCTAVE. – Eh ! peut-on vous aimer qu'on ne vous aime[71] toute sa vie ?

HYACINTE. – J'ai ouï dire, Octave, que votre sexe[72] aime moins longtemps que le nôtre, et que les ardeurs[73] que les hommes font voir sont des feux qui s'éteignent aussi facilement qu'ils naissent.

OCTAVE. – Ah ! ma chère Hyacinte, mon cœur n'est donc pas fait comme celui des hommes, et je sens bien, pour moi, que je vous aimerai jusqu'au tombeau.

70. **M'ont donné une atteinte cruelle :** m'ont profondément bouleversé.
71. **Qu'on ne vous aime :** sans vous aimer.
72. **Votre sexe :** les hommes.
73. **Les ardeurs :** l'amour.

Hyacinte. – Je veux croire que vous sentez ce que vous dites, et je ne doute point que vos paroles ne soient sincères ; mais je crains un pouvoir[74] qui combattra dans votre cœur les tendres sentiments que vous pouvez avoir pour moi. Vous dépendez d'un père qui veut vous marier à une autre personne, et je suis sûre que je mourrai si ce malheur m'arrive.

Octave. – Non, belle Hyacinte, il n'y a point de père qui puisse me contraindre à vous manquer de foi[75], et je me résoudrai à quitter mon pays, et le jour[76] même, s'il est besoin, plutôt qu'à vous quitter. J'ai déjà pris, sans l'avoir vue, une aversion[77] effroyable pour celle que l'on me destine, et, sans être cruel, je souhaiterais que la mer l'écartât d'ici pour jamais. Ne pleurez donc point, je vous prie, mon aimable Hyacinte, car vos larmes tuent, et je ne les puis voir sans me sentir percer le cœur.

Hyacinte. – Puisque vous le voulez, je veux bien essuyer mes pleurs, et j'attendrai d'un œil constant[78] ce qu'il plaira au Ciel de résoudre de moi[79].

Octave. – Le Ciel nous sera favorable.

Hyacinte. – Il ne saurait m'être contraire, si vous m'êtes fidèle.

Octave. – Je le serai assurément.

Hyacinte. – Je serai donc heureuse.

---

74. Un pouvoir : l'autorité paternelle.
75. À vous manquer de foi : à ne pas respecter ma parole.
76. Quitter [...] le jour : quitter la vie.
77. Une aversion : un dégoût.
78. D'un œil constant : patiemment.
79. De résoudre de moi : de décider pour moi.

SCAPIN, *à part*. – Elle n'est pas tant sotte, ma foi, et je la trouve assez passable[80].

OCTAVE, *montrant Scapin*. – Voici un homme qui pourrait bien, s'il le voulait, nous être dans tous nos besoins d'un secours merveilleux.

SCAPIN. – J'ai fait de grands serments de ne me mêler plus du monde, mais, si vous m'en priez bien fort tous deux, peut-être…

OCTAVE. – Ah ! s'il ne tient qu'à te prier bien fort pour obtenir ton aide, je te conjure de tout mon cœur de prendre la conduite de notre barque.

SCAPIN, *à Hyacinte*. – Et vous, ne me dites-vous rien ?

HYACINTE. – Je vous conjure, à son exemple, par tout ce qui vous est le plus cher au monde, de vouloir servir notre amour.

SCAPIN. – Il faut se laisser vaincre et avoir de l'humanité[81]. Allez, je veux m'employer pour vous.

OCTAVE. – Crois que…

SCAPIN, *à Octave*. – Chut ! *(À Hyacinte.)* Allez-vous-en, vous, et soyez en repos. *(À Octave.)* Et vous, préparez-vous à soutenir avec fermeté l'abord de votre père[82].

OCTAVE. – Je t'avoue que cet abord me fait trembler par avance, et j'ai une timidité naturelle que je ne saurais vaincre.

SCAPIN. – Il faut pourtant paraître ferme au premier choc, de peur que, sur votre faiblesse, il ne prenne le pied de[83]

80. **Je la trouve assez passable** : je ne la trouve pas mal.
81. **Avoir de l'humanité** : avoir de la bonté.
82. **L'abord de votre père** : la rencontre avec votre père.
83. **Il ne prenne le pied de** : il n'en profite pour.

vous mener comme un enfant. Là, tâchez de vous composer par étude[84]. Un peu de hardiesse[85], et songez à répondre résolument sur tout ce qu'il pourra vous dire.

OCTAVE. – Je ferai du mieux que je pourrai.

SCAPIN. – Çà, essayons un peu, pour vous accoutumer[86]. Répétons un peu votre rôle, et voyons si vous ferez bien. Allons. La mine résolue, la tête haute, les regards assurés.

OCTAVE. – Comme cela ?

SCAPIN. – Encore un peu davantage.

OCTAVE. – Ainsi ?

SCAPIN. – Bon ! Imaginez-vous que je suis votre père qui arrive, et répondez-moi fermement, comme si c'était à lui-même. « Comment ! pendard, vaurien, infâme, fils indigne d'un père comme moi, oses-tu bien paraître devant mes yeux après tes bons déportements[87], après le lâche tour que tu m'as joué pendant mon absence ? Est-ce là le fruit de mes soins[88], maraud[89], est-ce là le fruit de mes soins ? le respect qui m'est dû ? le respect que tu me conserves ? » Allons donc ! « Tu as l'insolence, fripon, de t'engager sans le consentement de ton père, de contracter un mariage clandestin ? Réponds-moi, coquin ! réponds-moi ! Voyons un peu tes belles raisons ! » Oh ! que diable ! vous demeurez interdit[90] ?

---

84. **De vous composer par étude :** de travailler votre image.
85. **Hardiesse :** courage.
86. **Accoutumer :** habituer.
87. **Tes bons déportements :** ta mauvaise conduite.
88. **Le fruit de mes soins :** le résultat de tout ce que j'ai fait pour toi.
89. **Maraud :** voyou.
90. **Interdit :** sans voix.

OCTAVE. – C'est que je m'imagine que c'est mon père que j'entends.

SCAPIN. – Eh ! oui ! C'est par cette raison qu'il ne faut pas être comme un innocent[91].

OCTAVE. – Je m'en vais prendre plus de résolution[92], et je répondrai fermement.

SCAPIN. – Assurément ?

OCTAVE. – Assurément.

SYLVESTRE. – Voilà votre père qui revient.

OCTAVE, *s'enfuyant.* – Ô Ciel ! je suis perdu !

SCAPIN. – Holà ! Octave, demeurez, Octave ! Le voilà enfui ! Quelle pauvre espèce d'homme ! Ne laissons pas[93] d'attendre le vieillard.

SYLVESTRE. – Que lui dirai-je ?

SCAPIN. – Laisse-moi dire, moi, et ne fais que me suivre.

---

91. Être comme un innocent : se comporter comme un être niais, stupide.
92. Je m'en vais prendre plus de résolution : je vais avoir un air plus décidé.
93. Ne laissons pas : ne manquons pas.

Scène 4

ARGANTE, SCAPIN, SYLVESTRE.

ARGANTE, *se croyant seul.* – A-t-on jamais ouï parler d'une action pareille à celle-là ?

SCAPIN, *à Sylvestre.* – Il a déjà appris l'affaire[94], et elle lui tient si fort en tête que tout seul il en parle haut.

ARGANTE, *se croyant seul.* – Voilà une témérité[95] bien grande !

SCAPIN, *à Sylvestre* – Écoutons-le un peu.

ARGANTE, *se croyant seul.* – Je voudrais bien savoir ce qu'ils me pourront dire sur ce beau mariage.

SCAPIN, *à part.* – Nous y avons songé.

ARGANTE, *se croyant seul.* – Tâcheront-ils de me nier la chose ?

SCAPIN, *à part* – Non, nous n'y pensons pas.

ARGANTE, *se croyant seul.* – Ou s'ils entreprendront de l'excuser[96] ?

SCAPIN, *à part* – Celui-là[97] se pourra faire.

ARGANTE, *se croyant seul.* – Prétendront-ils m'amuser par des contes en l'air ?

SCAPIN, *à part* – Peut-être.

---

94. Il a déjà appris l'affaire : Argante a appris par l'oncle, dont il a été question au début de la scène 1, qu'Octave s'était marié.
95. Une témérité : une audace.
96. Excuser : trouver des explications pour justifier ce mariage.
97. Celui-là : cela.

Argante, *se croyant seul.* – Tous leurs discours seront inutiles.

Scapin, *à part.* – Nous allons voir.

Argante, *se croyant seul.* – Ils ne m'en donneront point à garder[98].

Scapin, *à part* – Ne jurons de rien.

Argante, *se croyant seul.* – Je saurai mettre mon pendard de fils en lieu de sûreté[99].

Scapin, *à part* – Nous y pourvoirons[100].

Argante, *se croyant seul.* – Et pour le coquin de Sylvestre, je le rouerai de coups.

Sylvestre, *à Scapin.* – J'étais bien étonné, s'il m'oubliait.

Argante, *apercevant Sylvestre.* – Ah ! ah ! vous voilà donc, sage gouverneur de famille, beau directeur de jeunes gens !

Scapin. – Monsieur, je suis ravi de vous voir de retour.

Argante. – Bonjour, Scapin. *(À Sylvestre.)* Vous avez suivi mes ordres vraiment d'une belle manière, et mon fils s'est comporté fort sagement pendant mon absence !

Scapin. – Vous vous portez bien, à ce que je vois ?

Argante. – Assez bien. *(À Sylvestre.)* Tu ne dis mot, coquin, tu ne dis mot !

Scapin. – Votre voyage a-t-il été bon ?

Argante. – Mon Dieu, fort bon. Laisse-moi un peu quereller[101] en repos !

Scapin. – Vous voulez quereller ?

---

98. **Ils ne m'en donneront point à garder :** ils ne me raconteront pas d'histoires.
99. **En lieu de sûreté :** en prison.
100. **Nous y pourvoirons :** nous ferons le nécessaire.
101. **Quereller :** me mettre en colère.

ARGANTE. – Oui, je veux quereller.

SCAPIN. – Et qui, Monsieur ?

ARGANTE, *montrant Sylvestre.* – Ce maraud-là.

SCAPIN. – Pourquoi ?

ARGANTE. – Tu n'as pas ouï parler de ce qui s'est passé dans mon absence ?

SCAPIN. – J'ai bien ouï parler de quelque petite chose.

ARGANTE. – Comment, quelque petite chose ! Une action de cette nature ?

SCAPIN. – Vous avez quelque raison...

ARGANTE. – Une hardiesse pareille à celle-là ?

SCAPIN. – Cela est vrai.

ARGANTE. – Un fils qui se marie sans le consentement de son père ?

SCAPIN. – Oui, il y a quelque chose à dire à cela. Mais je serais d'avis que vous ne fissiez point de bruit[102].

ARGANTE. – Je ne suis pas de cet avis, moi, et je veux faire du bruit, tout mon soûl[103]. Quoi ! tu ne trouves pas que j'aie tous les sujets du monde d'être en colère ?

SCAPIN. – Si fait ! j'y ai d'abord été, moi, lorsque j'ai su la chose, et je me suis intéressé pour vous[104] jusqu'à quereller votre fils. Demandez-lui un peu quelles belles réprimandes[105] je lui ai faites, et comme je l'ai chapitré[106] sur le peu de respect qu'il gardait à un père dont il devait baiser les pas. On ne peut pas lui mieux parler, quand ce serait

102. **Que vous ne fissiez point de bruit :** que vous ne fassiez pas de scandale.
103. **Tout mon soûl :** autant que je veux.
104. **Je me suis intéressé pour vous :** j'ai pris votre parti.
105. **Réprimandes :** reproches.
106. **Chapitré :** sermonné.

vous-même. Mais quoi ! je me suis rendu à la raison et j'ai considéré que, dans le fond, il n'a pas tant de tort qu'on pourrait croire.

ARGANTE. – Que me viens-tu conter ? Il n'a pas tant de tort de s'aller marier de but en blanc[107] avec une inconnue ?

SCAPIN. – Que voulez-vous ? Il y a été poussé par sa destinée.

ARGANTE. – Ah ! ah ! voici une raison la plus belle du monde ! On n'a plus qu'à commettre tous les crimes imaginables, tromper, voler, assassiner, et dire pour excuse qu'on y a été poussé par sa destinée.

SCAPIN. – Mon Dieu, vous prenez mes paroles trop en philosophe. Je veux dire qu'il s'est trouvé fatalement engagé dans cette affaire.

ARGANTE. – Et pourquoi s'y engageait-il ?

SCAPIN. – Voulez-vous qu'il soit aussi sage que vous ? Les jeunes gens sont jeunes, et n'ont pas toute la prudence qu'il leur faudrait pour ne rien faire que de raisonnable[108] : témoin notre Léandre, qui, malgré toutes mes leçons, malgré toutes mes remontrances[109], est allé faire, de son côté, pis[110] encore que votre fils. Je voudrais bien savoir si vous-même n'avez pas été jeune et n'avez pas, dans votre temps, fait des fredaines[111] comme les autres. J'ai ouï dire, moi, que vous avez été autrefois un compagnon parmi les femmes[112], que vous faisiez de votre drôle[113] avec les plus

107. **De but en blanc :** brusquement.
108. **Ne rien faire que de raisonnable :** ne faire que des choses raisonnables.
109. **Mes remontrances :** mes reproches.
110. **Pis :** pire, plus grave.
111. **Des fredaines :** des bêtises.
112. **Un compagnon parmi les femmes :** un séducteur.
113. **Que vous faisiez de votre drôle :** que vous meniez joyeuse vie.

galantes[114] de ce temps-là, et que vous n'en approchiez point que vous ne poussassiez à bout[115].

ARGANTE. – Cela est vrai, j'en demeure d'accord ; mais je m'en suis toujours tenu à la galanterie[116] et je n'ai point été jusqu'à faire ce qu'il a fait.

SCAPIN. – Que vouliez-vous qu'il fît ? Il voit une jeune personne qui lui veut du bien (car il tient cela de vous, d'être aimé de toutes les femmes). Il la trouve charmante. Il lui rend des visites, lui conte des douceurs, soupire galamment, fait le passionné. Elle se rend à sa poursuite[117]. Il pousse sa fortune[118]. Le voilà surpris avec elle par ses parents, qui, la force à la main[119], le contraignent de l'épouser.

SYLVESTRE, *à part.* – L'habile fourbe que voilà !

SCAPIN. – Eussiez-vous voulu[120] qu'il se fût laissé tuer ? Il vaut mieux encore être marié qu'être mort.

ARGANTE. – On ne m'a pas dit que l'affaire se soit ainsi passée.

SCAPIN, *montrant Sylvestre.* – Demandez-lui plutôt. Il ne vous dira pas le contraire.

ARGANTE, *à Sylvestre.* – C'est par force qu'il a été marié ?

SYLVESTRE. – Oui, Monsieur.

SCAPIN. – Voudrais-je vous mentir ?

---

114. **Galantes :** séductrices.
115. **Que vous n'en approchiez point que vous ne poussassiez à bout :** que toutes celles que vous approchiez vous étaient acquises.
116. **Je m'en suis toujours tenu à la galanterie :** je me suis toujours contenté de leur faire la cour.
117. **Elle se rend à sa poursuite :** elle accepte ses avances.
118. **Il pousse sa fortune :** il profite de sa chance.
119. **La force à la main :** une arme (épée ou pistolet) à la main.
120. **Eussiez-vous voulu :** auriez-vous voulu.

Argante. – Il devait donc aller tout aussitôt protester de violence[121] chez un notaire.

Scapin. – C'est ce qu'il n'a pas voulu faire.

Argante. – Cela m'aurait donné plus de facilité à rompre ce mariage.

Scapin. – Rompre ce mariage ?

Argante. – Oui.

Scapin. – Vous ne le romprez point.

Argante. – Je ne le romprai point ?

Scapin. – Non.

Argante. – Quoi ! je n'aurai pas pour moi les droits de père et la raison de la violence qu'on a faite à mon fils ?

Scapin. – C'est une chose dont il ne demeurera pas d'accord.

Argante. – Il n'en demeurera pas d'accord ?

Scapin. – Non.

Argante. – Mon fils ?

Scapin. – Votre fils. Voulez-vous qu'il confesse qu'il ait été capable de crainte, et que ce soit par force qu'on lui ait fait faire les choses ? Il n'a garde[122] d'aller avouer cela. Ce serait se faire tort, et se montrer indigne d'un père comme vous.

Argante. – Je me moque de cela.

Scapin. – Il faut, pour son honneur et pour le vôtre, qu'il dise dans le monde que c'est de bon gré qu'il l'a épousée.

Argante. – Et je veux, moi, pour mon honneur et pour le sien, qu'il dise le contraire.

---

121. Protester de violence : porter plainte contre la violence qu'il a subie.
122. Il n'a garde : il se garde.

SCAPIN. – Non, je suis sûr qu'il ne le fera pas.

ARGANTE. – Je l'y forcerai bien.

SCAPIN. – Il ne le fera pas, vous dis-je.

ARGANTE. – Il le fera, ou je le déshériterai.

SCAPIN. – Vous ?

ARGANTE. – Moi.

SCAPIN. – Bon !

ARGANTE. – Comment, bon !

SCAPIN. – Vous ne le déshériterez point.

ARGANTE. – Je ne le déshériterai point ?

SCAPIN. – Non.

ARGANTE. – Non ?

SCAPIN. – Non.

ARGANTE. – Ouais ! voici qui est plaisant. Je ne déshériterai point mon fils ?

SCAPIN. – Non, vous dis-je.

ARGANTE. – Qui m'en empêchera ?

SCAPIN. – Vous-même.

ARGANTE. – Moi ?

SCAPIN. – Oui. Vous n'aurez pas ce cœur-là[123].

ARGANTE. – Je l'aurai.

SCAPIN. – Vous vous moquez !

ARGANTE. – Je ne me moque point.

SCAPIN. – La tendresse paternelle fera son office[124].

ARGANTE. – Elle ne fera rien.

SCAPIN. – Oui, oui.

ARGANTE. – Je vous dis que cela sera.

---

123. Ce cœur-là : ce courage.
124. Fera son office : jouera son rôle.

SCAPIN. – Bagatelles ![125]

ARGANTE. – Il ne faut point dire : bagatelles.

SCAPIN. – Mon Dieu, je vous connais, vous êtes bon naturellement.

ARGANTE. – Je ne suis point bon, et je suis méchant, quand je veux. Finissons ce discours qui m'échauffe la bile[126]. *(En s'adressant à Sylvestre.)* Va-t'en, pendard, va-t'en me chercher mon fripon tandis que j'irai rejoindre le seigneur Géronte pour lui conter ma disgrâce[127].

SCAPIN. – Monsieur, si je vous puis être utile en quelque chose, vous n'avez qu'à me commander.

ARGANTE. – Je vous remercie. *(À part.)* Ah ! pourquoi faut-il qu'il soit fils unique ! Et que n'ai-je à cette heure la fille que le Ciel m'a ôtée, pour la faire mon héritière !

---

125. Bagatelles : sottises.
126. Qui m'échauffe la bile : qui me met en colère.
127. Ma disgrâce : mes malheurs.

Scène 5

SCAPIN, SYLVESTRE.

SYLVESTRE. – J'avoue que tu es un grand homme, et voilà l'affaire en bon train, mais l'argent[128], d'autre part, nous presse pour notre subsistance[129], et nous avons de tous côtés des gens qui aboient après nous[130].

SCAPIN. – Laisse-moi faire, la machine[131] est trouvée. Je cherche seulement dans ma tête un homme qui nous soit affidé[132], pour jouer un personnage dont j'ai besoin. Attends. Tiens-toi un peu. Enfonce ton bonnet en méchant garçon. Campe-toi sur un pied. Mets ta main au côté. Fais les yeux furibonds. Marche un peu en roi de théâtre[133]. Voilà qui est bien. Suis-moi. J'ai les secrets pour déguiser ton visage et ta voix.

SYLVESTRE. – Je te conjure de ne m'aller point brouiller avec la justice.

SCAPIN. – Va, va, nous partagerons les périls en frères ; et trois ans de galère[134] de plus ou de moins ne sont pas pour arrêter un noble cœur.

128. L'argent : le besoin d'argent.
129. Pour notre subsistance : pour vivre.
130. Des gens qui aboient après nous : des gens qui nous réclament de l'argent que l'on doit.
131. La machine : la ruse.
132. Un homme qui nous soit affidé : un homme de confiance.
133. En roi de théâtre : comme un comédien qui joue le rôle d'un roi.
134. Galère : peine de ceux qui étaient condamnés à ramer sur des galères (navires) de l'État.

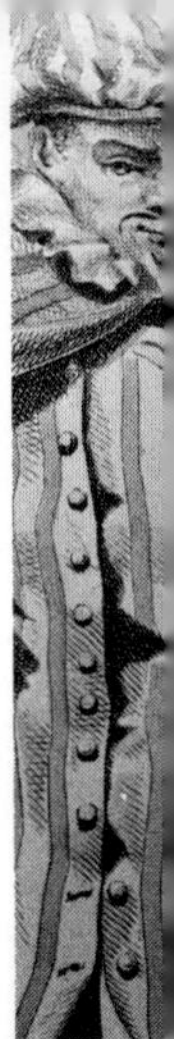

QUESTIONS SUR L'ACTE I

AI-JE BIEN LU ?

1 Coche la bonne réponse. Où se déroule l'action ?
☐ à Naples ☐ à Tarente

2 Reconstitue les couples maîtres/valets.

Maîtres		Valets
....	→	....
....	→	....

3 Vrai ou faux ? Coche la bonne réponse.

Qu'a appris Argante à son retour de voyage ?	VRAI	FAUX
a. Son fils Léandre a prévu de se marier.	☐	☐
b. Son fils Octave s'est marié.	☐	☐

J'ANALYSE LE TEXTE

L'exposition

INFO+
Au théâtre, les paroles des personnages sont destinées non seulement aux autres personnages, mais aussi aux spectateurs. Les premières scènes (**exposition**) fournissent les informations nécessaires à la compréhension de l'intrigue.

— Les techniques de l'exposition (sc. 1 et 2)

4 **a.** Qui pose des questions (sc. 1) ?
b. Qui donne les informations ?
c. En quoi l'interrogatoire est-il original ?

5 **a.** Qui raconte son histoire ? à qui ?
Dans quelle intention ? (sc. 2)
b. Qui prend le relais ? Pourquoi ?
c. À partir de tes réponses, indique les techniques qui permettent d'exposer la situation dans les scènes 1 et 2.

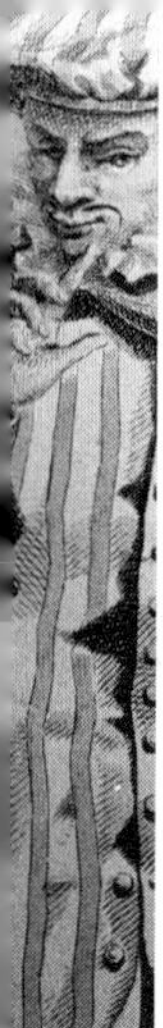

Une intrigue d'ordre amoureux

❻ **a.** Qui aime qui ? Reconstitue les couples d'amoureux.

Hyacinte •	• Léandre
L'Égyptienne •	• Octave

b. Pourquoi Octave est-il dans « l'embarras » (sc. 1, l. 41) ?

Le personnage de Scapin

Le valet fourbe (sc. 2)

INFO+

Scapin est un valet issu de la *Commedia dell'arte* (comédie italienne). Son nom (de l'italien *scappare*, « s'échapper ») signifie « l'échappeur » : Scapin est capable de se sortir de toutes les situations, grâce à sa ruse et à son intelligence.

❼ Relève dans la tirade de Scapin (l. 188-199) cinq mots ou expressions appartenant au champ lexical de la fourberie.

La première fourberie de Scapin (sc. 4)

❽ **a.** Qui Scapin doit-il convaincre ? De quoi ?
b. Quelles excuses trouve-t-il à Octave ?
c. Quelle version mensongère des faits présente-t-il ?

❾ À quel propos Scapin flatte-t-il Argante ? Quel est son but ?

❿ **a.** Pourquoi Scapin tente-t-il de dissuader Argante de rompre le mariage ? Comment s'y prend-il ?
b. Quelle menace Argante brandit-il alors contre son fils ?
c. À quel sentiment Scapin fait-il appel pour le faire changer d'avis ?

Scapin metteur en scène

⓫ **a.** Quelle scène Scapin fait-il jouer à Octave (sc. 3) et à Sylvestre (sc. 5) ? Quel rôle joue-t-il lui-même (sc. 3) ?
b. Quel but poursuit-il en faisant jouer ces scènes ?

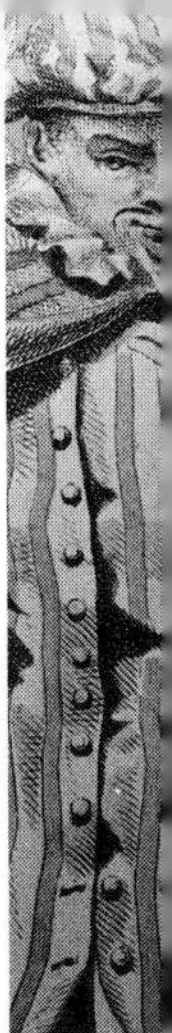

Le comique de farce

INFO+
Le comique de farce repose sur un comique grossier :
- **mots** (injures, répétitions, accents...) ;
- **gestes** (coups de bâton, grimaces...) ;
- **situation** (tromperie, aparté, quiproquo...) ;
- **caractère** (avare, poltron, colérique...).

Le comique de mots

12 Relève dans l'échange entre Argante et Scapin (sc. 4, l. 431-486) les termes répétés créant un effet de symétrie comique.

Le comique de caractère

13 Pourquoi le spectateur rit-il de Sylvestre, d'Octave, d'Argante ? Complète les phrases suivantes avec les adjectifs proposés.

poltron | coléreux | effrayé | autoritaire | brave | balourd

• Sylvestre est .... car il a peur des coups de bâton et il est .... car il n'est pas très débrouillard.
• Octave (fin de la sc. 3) se veut .... à l'idée d'affronter son père, mais il est .... lorsqu'il le voit.
• Argante est un père .... et ....

Le comique de gestes

14 En quoi la gestuelle est-elle comique dans les répétitions théâtrales dirigées par Scapin (fin de la sc. 3 et sc. 5) ?

Le comique de situation

15 Argante se croit seul au début de la scène 4. Quels personnages l'écoutent cependant ?

JE FORMULE MES IMPRESSIONS

16 **a.** Scapin te paraît-il sympathique ? Justifie.
b. Selon toi, réussira-t-il à tirer Octave de l'« embarras » ?

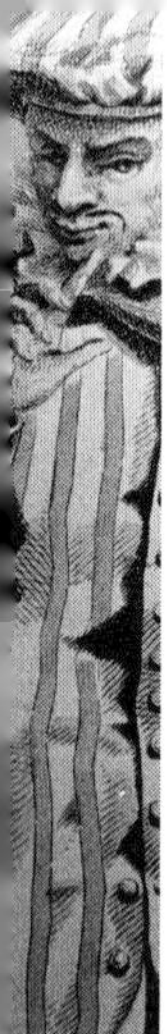

JE FAIS LE BILAN

17 Complète le bilan avec les noms des personnages.

Argante | Géronte | Hyacinte | Léandre | Scapin

a. Dans les scènes d'exposition, le spectateur apprend :
– qu'en l'absence de leurs pères, Octave a épousé .... tandis que .... est tombé amoureux d'une jeune Égyptienne ;
– qu' .... a l'intention de marier son fils avec la fille du seigneur ....
b. L'action se met en place avec l'arrivée de .... qui fait croire à Argante que son fils a été marié de force.

J'ÉTUDIE LA LANGUE

Vocabulaire : le lexique de la fourberie

18 Barre les deux intrus qui se sont glissés dans ces noms appartenant au champ lexical de la fourberie :

tromperie • duperie • poltronnerie • supercherie
escroquerie • tricherie • fâcherie • friponnerie

J'ÉCRIS

Écrire une courte scène de théâtre

19 Sur le modèle de la scène 1, imagine une courte scène dans laquelle un personnage apprend à un autre une nouvelle surprenante qu'il a du mal à croire.

AIDE
Commence par « Tu dis que ».

Scène première

GÉRONTE, ARGANTE.

GÉRONTE. – Oui, sans doute, par le temps qu'il fait, nous aurons ici nos gens[1] aujourd'hui ; et un matelot qui vient de Tarente m'a assuré qu'il avait vu mon homme[2] qui était près de s'embarquer. Mais l'arrivée de ma fille trouvera les choses mal disposées à ce que nous nous proposions, et ce que vous venez de m'apprendre de votre fils rompt étrangement[3] les mesures[4] que nous avions prises ensemble.

ARGANTE. – Ne vous mettez pas en peine ; je vous réponds[5] de renverser tout cet obstacle, et j'y travaille de ce pas.

GÉRONTE. – Ma foi, seigneur Argante, voulez-vous que je vous dise ? l'éducation des enfants est une chose à quoi il faut s'attacher fortement.

ARGANTE. – Sans doute. À quel propos cela ?

GÉRONTE. – À propos de ce que les mauvais déportements[6] des jeunes gens viennent le plus souvent de la mauvaise éducation que leurs pères leur donnent.

ARGANTE. – Cela arrive parfois. Mais que voulez-vous dire par là ?

---

1. **Nos gens :** notre famille et nos serviteurs.
2. **Mon homme :** la personne chargée de ramener à Naples la famille de Géronte.
3. **Étrangement :** d'une manière inattendue.
4. **Les mesures :** les décisions (allusion au mariage arrangé entre la fille de Géronte et le fils d'Argante, c'est-à-dire Octave).
5. **Je vous réponds :** je vous promets.
6. **Les mauvais déportements :** la mauvaise conduite.

GÉRONTE. – Ce que je veux dire par là ?

ARGANTE. – Oui.

GÉRONTE. – Que, si vous aviez, en brave père, bien morigéné[7] votre fils, il ne vous aurait pas joué le tour qu'il vous a fait.

ARGANTE. – Fort bien. De sorte donc que vous avez bien mieux morigéné le vôtre ?

GÉRONTE. – Sans doute, et je serais bien fâché qu'il m'eût rien fait approchant de cela.

ARGANTE. – Et si ce fils que vous avez, en brave père, si bien morigéné, avait fait pis encore que le mien, eh ?

GÉRONTE. – Comment ?

ARGANTE. – Comment ?

GÉRONTE. – Qu'est-ce que cela veut dire ?

ARGANTE. – Cela veut dire, seigneur Géronte, qu'il ne faut pas être si prompt[8] à condamner la conduite des autres, et que ceux qui veulent gloser[9] doivent bien regarder chez eux s'il n'y a rien qui cloche.

GÉRONTE. – Je n'entends point cette énigme.

ARGANTE. – On vous l'expliquera.

GÉRONTE. – Est-ce que vous auriez ouï dire quelque chose de mon fils ?

ARGANTE. – Cela se peut faire.

GÉRONTE. – Et quoi encore ?

---

7. Morigéné : éduqué aux bonnes manières.
8. Prompt : rapide.
9. Gloser : critiquer.

Argante. – Votre Scapin, dans mon dépit[10], ne m'a dit la chose qu'en gros, et vous pourrez, de lui ou de quelque autre, être instruit du détail. Pour moi, je vais vite consulter un avocat, et aviser des biais[11] que j'ai à prendre. Jusqu'au revoir.

Les Fourberies de Scapin (2017), mise en scène de Denis Podalydès à la Comédie-Française, avec Didier Sandre (dans le rôle de Géronte) et Gilles David (dans le rôle d'Argante).

10. Dans mon dépit : dans ma colère.
11. Aviser des biais : chercher des moyens détournés.

Scène 2

LÉANDRE, GÉRONTE.

GÉRONTE, *seul.* – Que pourrait-ce être que cette affaire-ci ? Pis encore que le sien ! Pour moi, je ne vois pas ce que l'on peut faire de pis, et je trouve que se marier sans le consentement de son père est une action qui passe tout ce qu'on peut s'imaginer. Ah ! vous voilà !

LÉANDRE, *en courant à lui pour l'embrasser.* – Ah ! mon père, que j'ai de joie de vous voir de retour !

GÉRONTE, *refusant de l'embrasser.* – Doucement. Parlons un peu d'affaire.

LÉANDRE. – Souffrez[12] que je vous embrasse, et que...

GÉRONTE, *le repoussant encore.* – Doucement, vous dis-je.

LÉANDRE. – Quoi ! Vous me refusez, mon père, de vous exprimer mon transport[13] par mes embrassements ?

GÉRONTE. – Oui. Nous avons quelque chose à démêler ensemble.

LÉANDRE. – Et quoi ?

GÉRONTE. – Tenez-vous, que je vous voie en face.

LÉANDRE. – Comment ?

GÉRONTE. – Regardez-moi entre deux yeux.

LÉANDRE. – Hé bien ?

GÉRONTE. – Qu'est-ce donc qui s'est passé ici ?

12. **Souffrez :** acceptez.
13. **Mon transport :** mon affection.

LÉANDRE. – Ce qui s'est passé ?

GÉRONTE. – Oui. Qu'avez-vous fait dans mon absence ?

LÉANDRE. – Que voulez-vous, mon père, que j'aie fait ?

GÉRONTE. – Ce n'est pas moi qui veux que vous ayez fait, mais qui demande ce que c'est que vous avez fait.

LÉANDRE. – Moi ? je n'ai fait aucune chose dont vous ayez lieu de vous plaindre.

GÉRONTE. – Aucune chose ?

LÉANDRE. – Non.

GÉRONTE. – Vous êtes bien résolu[14].

LÉANDRE. – C'est que je suis sûr de mon innocence.

GÉRONTE. – Scapin pourtant a dit de vos nouvelles.

LÉANDRE. – Scapin !

GÉRONTE. – Ah ! ah ! ce mot vous fait rougir.

LÉANDRE. – Il vous a dit quelque chose de moi ?

GÉRONTE. – Ce lieu n'est pas tout à fait propre à vider cette affaire[15], et nous allons l'examiner ailleurs. Qu'on se rende au logis. J'y vais revenir tout à l'heure[16]. Ah ! traître, s'il faut que tu me déshonores, je te renonce pour mon fils[17], et tu peux bien pour jamais[18] te résoudre à fuir de ma présence.

14. **Résolu :** sûr de vous.
15. **Vider cette affaire :** éclaircir cette affaire.
16. **Tout à l'heure :** tout de suite.
17. **Je te renonce pour mon fils :** je ne te considère plus comme mon fils.
18. **Pour jamais :** pour toujours.

Scène 3

OCTAVE, SCAPIN, LÉANDRE.

LÉANDRE, *seul.* – Me trahir de cette manière ! Un coquin, qui doit par cent raisons être le premier à cacher les choses que je lui confie, est le premier à les aller découvrir à mon père ! Ah ! je jure le Ciel[19] que cette trahison ne demeurera pas impunie.

OCTAVE. – Mon cher Scapin, que ne dois-je point à tes soins ! Que tu es un homme admirable ! et que le Ciel m'est favorable de t'envoyer à mon secours !

LÉANDRE. – Ah ! ah ! vous voilà. Je suis ravi de vous trouver, Monsieur le coquin.

SCAPIN. – Monsieur, votre serviteur. C'est trop d'honneur que vous me faites.

LÉANDRE, *mettant l'épée à la main.* – Vous faites le méchant plaisant ? Ah ! je vous apprendrai…

SCAPIN, *se mettant à genoux.* – Monsieur !

OCTAVE, *se mettant entre eux pour empêcher Léandre de le frapper.* – Ah ! Léandre !

LÉANDRE. – Non, Octave, ne me retenez point, je vous prie.

SCAPIN, *à Léandre.* – Eh ! Monsieur !

OCTAVE, *le retenant.* – De grâce !

LÉANDRE, *voulant frapper Scapin.* – Laissez-moi contenter mon ressentiment[20].

---

19. Je jure le Ciel : je prends Dieu à témoin.
20. Laissez-moi contenter mon ressentiment : laissez ma colère s'exprimer.

Octave. – Au nom de l'amitié, Léandre, ne le maltraitez point !

Scapin. – Monsieur, que vous ai-je fait ?

Léandre, *voulant le frapper*. – Ce que tu m'as fait, traître ?

Octave, *le retenant*. – Eh ! doucement !

Léandre. – Non, Octave, je veux qu'il me confesse lui-même tout à l'heure la perfidie[21] qu'il m'a faite. Oui, coquin, je sais le trait[22] que tu m'as joué, on vient de me l'apprendre, et tu ne croyais pas peut-être que l'on me dût révéler ce secret ; mais je veux en avoir la confession de ta propre bouche, ou je vais te passer cette épée au travers du corps.

Scapin. – Ah ! Monsieur, auriez-vous bien ce cœur-là ?

Léandre. – Parle donc.

Scapin. – Je vous ai fait quelque chose, Monsieur ?

Léandre. – Oui, coquin, et ta conscience ne te dit que trop ce que c'est.

Scapin. – Je vous assure que je l'ignore.

Léandre, *s'avançant pour le frapper*. – Tu l'ignores !

Octave, *le retenant*. – Léandre !

Scapin. – Eh bien ! Monsieur, puisque vous le voulez, je vous confesse que j'ai bu avec mes amis ce petit quartaut[23] de vin d'Espagne dont on vous fit présent il y a quelques jours, et que c'est moi qui fis une fente au tonneau, et répandis de l'eau autour pour faire croire que le vin s'était échappé.

Léandre. – C'est toi, pendard, qui m'as bu mon vin d'Espagne, et qui as été cause que j'ai tant querellé la servante, croyant que c'était elle qui m'avait fait le tour ?

---

21. **La perfidie :** la trahison.
22. **Le trait :** le tour.
23. **Quartaut :** tonneau.

SCAPIN. – Oui, Monsieur, je vous en demande pardon.

LÉANDRE. – Je suis bien aise d'apprendre cela ; mais ce n'est pas l'affaire dont il est question maintenant.

SCAPIN. – Ce n'est pas cela, Monsieur ?

LÉANDRE. – Non, c'est une autre affaire qui me touche bien plus, et je veux que tu me la dises.

SCAPIN. – Monsieur, je ne me souviens pas d'avoir fait autre chose.

LÉANDRE, *voulant le frapper.* – Tu ne veux pas parler ?

SCAPIN. – Eh !

OCTAVE, *le retenant.* – Tout doux !

SCAPIN. – Oui, Monsieur, il est vrai qu'il y a trois semaines que vous m'envoyâtes porter, le soir, une petite montre à la jeune Égyptienne que vous aimez. Je revins au logis, mes habits tout couverts de boue et le visage plein de sang, et vous dis que j'avais trouvé des voleurs qui m'avaient bien battu et m'avaient dérobé la montre. C'était moi, Monsieur, qui l'avais retenue.

LÉANDRE. – C'est toi qui as retenu ma montre ?

SCAPIN. – Oui, Monsieur, afin de voir quelle heure il est.

LÉANDRE. – Ah ! ah ! j'apprends ici de jolies choses, et j'ai un serviteur fort fidèle, vraiment. Mais ce n'est pas encore cela que je demande.

SCAPIN. – Ce n'est pas cela ?

LÉANDRE. – Non, infâme ; c'est autre chose encore que je veux que tu me confesses.

SCAPIN, *à part.* – Peste !

LÉANDRE. – Parle vite, j'ai hâte.

SCAPIN. – Monsieur, voilà tout ce que j'ai fait.

LÉANDRE, *voulant frapper Scapin.* – Voilà tout ?

OCTAVE, *se mettant au-devant.* – Eh !

SCAPIN. – Eh bien ! oui Monsieur, vous vous souvenez de ce loup-garou[24], il y a six mois, qui vous donna tant de coups de bâton, la nuit, et vous pensa faire rompre le cou[25] dans une cave où vous tombâtes en fuyant.

LÉANDRE. – Hé bien ?

SCAPIN. – C'était moi, Monsieur, qui faisais le loup-garou.

LÉANDRE. – C'était toi, traître, qui faisais le loup-garou ?

SCAPIN. – Oui, Monsieur, seulement pour vous faire peur et vous ôter l'envie de nous faire courir toutes les nuits, comme vous aviez de coutume.

LÉANDRE. – Je saurai me souvenir en temps et lieu de tout ce que je viens d'apprendre. Mais je veux venir au fait, et que tu me confesses ce que tu as dit à mon père.

SCAPIN. – À votre père ?

LÉANDRE. – Oui, fripon, à mon père.

SCAPIN. – Je ne l'ai pas seulement vu depuis son retour.

LÉANDRE. – Tu ne l'as pas vu ?

SCAPIN. – Non, Monsieur.

LÉANDRE. – Assurément ?

SCAPIN. – Assurément. C'est une chose que je vais vous faire dire par lui-même.

LÉANDRE. – C'est de sa bouche que je le tiens, pourtant.

SCAPIN. – Avec votre permission, il n'a pas dit la vérité.

---

24. **Loup-garou :** selon certaines croyances, homme qui se transforme en loup pendant la nuit.
25. **Vous pensa faire rompre le cou :** faillit vous faire rompre le cou.

ACTE II

Scène 4

CARLE, SCAPIN, LÉANDRE, OCTAVE.

CARLE. – Monsieur, je vous apporte une nouvelle qui est fâcheuse pour votre amour.

LÉANDRE. – Comment ?

CARLE. – Vos Égyptiens sont sur le point de vous enlever Zerbinette, et elle-même, les larmes aux yeux, m'a chargé de venir promptement vous dire que, si dans deux heures vous ne songez à leur porter l'argent qu'ils vous ont demandé pour elle, vous l'allez perdre pour jamais.

LÉANDRE. – Dans deux heures ?

CARLE. – Dans deux heures.

LÉANDRE. – Ah ! mon pauvre Scapin ! j'implore ton secours.

SCAPIN, *passant devant lui avec un air fier.* – « Ah ! mon pauvre Scapin ! » Je suis « mon pauvre Scapin » à cette heure qu'on a besoin de moi.

LÉANDRE. – Va, je te pardonne tout ce que tu viens de me dire, et pis encore, si tu me l'as fait.

SCAPIN. – Non, non, ne me pardonnez rien. Passez-moi votre épée au travers du corps. Je serai ravi que vous me tuiez.

LÉANDRE. – Non. Je te conjure plutôt de me donner la vie en servant mon amour.

SCAPIN. – Point, point, vous ferez mieux de me tuer.

LÉANDRE. – Tu m'es trop précieux ; et je te prie de vouloir employer pour moi ce génie admirable qui vient à bout de toute chose.

SCAPIN. – Non, tuez-moi, vous dis-je.

LÉANDRE. – Ah ! de grâce, ne songe plus à tout cela, et pense à me donner le secours que je te demande.

OCTAVE. – Scapin, il faut faire quelque chose pour lui.

SCAPIN. – Le moyen, après une avanie[26] de la sorte ?

LÉANDRE. – Je te conjure d'oublier mon emportement et de me prêter ton adresse[27].

OCTAVE. – Je joins mes prières aux siennes.

SCAPIN. – J'ai cette insulte-là sur le cœur.

OCTAVE. – Il faut quitter ton ressentiment[28].

LÉANDRE. – Voudrais-tu m'abandonner, Scapin, dans la cruelle extrémité[29] où se voit mon amour ?

SCAPIN. – Me venir faire à l'improviste un affront comme celui-là !

LÉANDRE. – J'ai tort, je le confesse.

SCAPIN. – Me traiter de coquin, de fripon, de pendard, d'infâme !

LÉANDRE. – J'en ai tous les regrets du monde.

SCAPIN. – Me vouloir passer son épée au travers du corps !

LÉANDRE. – Je t'en demande pardon de tout mon cœur ; et, s'il ne tient qu'à me jeter à tes genoux, tu m'y vois, Scapin, pour te conjurer encore une fois de ne me point abandonner.

---

26. Une avanie : une humiliation.
27. Me prêter ton adresse : me faire profiter de tes talents.
28. Quitter ton ressentiment : renoncer à ta colère.
29. Cruelle extrémité : situation désespérée.

OCTAVE. – Ah ! ma foi, Scapin, il se faut rendre à cela.

SCAPIN. – Levez-vous. Une autre fois, ne soyez point si prompt.

LÉANDRE. – Me promets-tu de travailler pour moi ?

SCAPIN. – On y songera.

LÉANDRE. – Mais tu sais que le temps presse !

SCAPIN. – Ne vous mettez pas en peine. Combien est-ce qu'il vous faut ?

LÉANDRE. – Cinq cents écus.

SCAPIN. – Et à vous ?

OCTAVE. – Deux cents pistoles.

SCAPIN. – Je veux tirer cet argent de vos pères. *(À Octave.)* Pour ce qui est du vôtre, la machine est déjà toute trouvée. *(À Léandre.)* Et quant au vôtre, bien qu'avare au dernier degré, il y faudra moins de façons encore ; car vous savez que, pour l'esprit, il n'en a pas, grâces à Dieu, grande provision, et je le livre pour[30] une espèce d'homme à qui l'on fera toujours croire tout ce que l'on voudra. Cela ne vous offense point, il ne tombe entre lui et vous aucun soupçon de ressemblance… Mais j'aperçois venir le père d'Octave. Commençons par lui, puisqu'il se présente. Allez-vous-en tous deux. *(À Octave.)* Et vous, avertissez votre Sylvestre de venir vite jouer son rôle.

---

30. Je le livre pour : je le considère comme.

ACTE II

Scène 5

ARGANTE, SCAPIN.

SCAPIN, *à part.* – Le voilà qui rumine.

ARGANTE, *se croyant seul.* – Avoir si peu de conduite et de considération[31] ! S'aller jeter dans un engagement comme celui-là ! Ah ! ah ! jeunesse impertinente !

SCAPIN. – Monsieur, votre serviteur.

ARGANTE. – Bonjour, Scapin.

SCAPIN. – Vous rêvez à l'affaire de votre fils ?

ARGANTE. – Je t'avoue que cela me donne un furieux chagrin.

SCAPIN. – Monsieur, la vie est mêlée de traverses[32]. Il est bon de s'y tenir sans cesse préparé ; et j'ai ouï dire, il y a longtemps, une parole d'un ancien[33] que j'ai toujours retenue.

ARGANTE. – Quoi ?

SCAPIN. – Que, pour peu qu'un père de famille ait été absent de chez lui, il doit promener son esprit sur[34] tous les fâcheux accidents que son retour peut rencontrer : se figurer sa maison brûlée, son argent dérobé, sa femme morte, son fils estropié, sa fille subornée[35] ; et ce qu'il

---

31. Considération : réflexion.
32. Traverses : difficultés, obstacles.
33. Un ancien : un auteur de l'Antiquité.
34. Promener son esprit sur : envisager.
35. Subornée : séduite, détournée de son devoir.

trouve qu'il ne lui est point arrivé, l'imputer à bonne fortune[36]. Pour moi, j'ai pratiqué toujours cette leçon dans ma petite philosophie, et je ne suis jamais revenu au logis que je ne me sois tenu prêt[37] à la colère de mes maîtres, aux réprimandes, aux injures, aux coups de pied au cul, aux bastonnades, aux étrivières[38] ; et ce qui a manqué à m'arriver, j'en ai rendu grâce à mon bon destin.

Argante. – Voilà qui est bien ; mais ce mariage impertinent, qui trouble celui que nous voulons faire, est une chose que je ne puis souffrir, et je viens de consulter des avocats pour le faire casser.

Scapin. – Ma foi, Monsieur, si vous m'en croyez, vous tâcherez par quelque autre voie d'accommoder[39] l'affaire. Vous savez ce que c'est que les procès en ce pays-ci, et vous allez vous enfoncer dans d'étranges épines[40].

Argante. – Tu as raison, je le vois bien. Mais quelle autre voie ?

Scapin. – Je pense que j'en ai trouvé une. La compassion[41] que m'a donnée tantôt votre chagrin m'a obligé à chercher dans ma tête quelque moyen pour vous tirer d'inquiétude : car je ne saurais voir d'honnêtes pères chagrinés par leurs enfants que cela ne m'émeuve[42], et de tout temps je me suis senti pour votre personne une inclination[43] particulière.

---

36. L'imputer à bonne fortune : l'attribuer à la chance.
37. Que je ne me sois tenu prêt : sans m'être tenu prêt.
38. Étrivières : coups de fouet.
39. Accommoder : arranger.
40. Étranges épines : problèmes extraordinaires.
41. La compassion : la pitié.
42. Que cela ne m'émeuve : sans que cela ne me touche (verbe émouvoir).
43. Une inclination : une affection.

ARGANTE. – Je te suis obligé[44].

SCAPIN. – J'ai donc été trouver le frère de cette fille qui a été épousée. C'est un de ces braves de profession[45], de ces gens qui sont tous[46] coups d'épée, qui ne parlent que d'échiner[47], et ne font non plus de conscience[48] de tuer un homme que d'avaler un verre de vin. Je l'ai mis sur ce mariage, lui ai fait voir quelle facilité offrait la raison de la violence[49] pour le faire casser, vos prérogatives du nom de père[50], et l'appui que vous donneraient auprès de la justice et votre droit, et votre argent, et vos amis. Enfin, je l'ai tant tourné de tous les côtés qu'il a prêté l'oreille aux propositions que je lui ai faites d'ajuster[51] l'affaire pour quelque somme, et il donnera son consentement à rompre le mariage, pourvu que vous lui donniez de l'argent.

ARGANTE. – Et qu'a-t-il demandé ?

SCAPIN. – Oh ! d'abord, des choses par-dessus les maisons.

ARGANTE. – Et quoi ?

SCAPIN. – Des choses extravagantes.

ARGANTE. – Mais encore ?

SCAPIN. – Il ne parlait pas moins que de cinq ou six cent pistoles.

---

44. **Je te suis obligé :** je te suis reconnaissant.
45. **Un de ces braves de profession :** un homme d'épée qui loue ses services.
46. **Tous :** tout, totalement.
47. **Échiner :** briser les reins, frapper à mort.
48. **Qui ne font non plus de conscience :** qui n'attachent pas plus d'importance.
49. **La raison de la violence :** l'argument, le motif de la violence.
50. **Vos prérogatives du nom de père :** les droits auxquels vous pouvez prétendre en tant que père.
51. **Ajuster :** arranger.

ARGANTE. – Cinq ou six cents fièvres quartaines[52] qui le puissent serrer ! Se moque-t-il des gens ?

SCAPIN. – C'est ce que je lui ai dit. J'ai rejeté bien loin de pareilles propositions, et je lui ai bien fait entendre que vous n'étiez point une dupe pour vous demander des cinq ou six cents pistoles. Enfin, après plusieurs discours, voici où s'est réduit le résultat de notre conférence[53]. « Nous voilà au temps, m'a-t-il dit, que je dois partir pour l'armée. Je suis après à[54] m'équiper, et le besoin que j'ai de quelque argent me fait consentir malgré moi à ce qu'on me propose. Il me faut un cheval de service[55] et je n'en saurais avoir un qui soit tant soit peu raisonnable[56], à moins de soixante pistoles. »

ARGANTE. – Hé bien ! pour soixante pistoles je les donne.

SCAPIN. – « Il faudra le harnais[57] et les pistolets, et cela ira bien à vingt pistoles encore. »

ARGANTE. – Vingt pistoles et soixante, ce serait quatre-vingts.

SCAPIN. – Justement.

ARGANTE. – C'est beaucoup ; mais soit, je consens à cela.

SCAPIN. – « Il me faut aussi un cheval pour monter mon valet, qui coûtera bien trente pistoles. »

ARGANTE. – Comment, diantre ! Qu'il se promène[58], il n'aura rien du tout !

---

52. **Fièvres quartaines :** fièvres qui reviennent tous les quatre jours.
53. **Conférence :** discussion.
54. **Après à :** en train de.
55. **Un cheval de service :** un cheval de guerre.
56. **Raisonnable :** correct.
57. **Harnais :** ensemble de pièces qui servent à équiper un cheval.
58. **Qu'il se promène :** qu'il aille au diable.

Scapin. – Monsieur !

Argante. – Non : c'est un impertinent.

Scapin. – Voulez-vous que son valet aille à pied ?

Argante. – Qu'il aille comme il lui plaira, et le maître aussi.

Scapin. – Mon Dieu, Monsieur, ne vous arrêtez point à peu de chose. N'allez point plaider, je vous prie, et donnez tout pour vous sauver des mains de la justice.

Argante. – Hé bien ! soit, je me résous à donner encore ces trente pistoles.

Scapin. – « Il me faut encore, a-t-il dit, un mulet pour porter... »

Argante. – Oh ! qu'il aille au diable avec son mulet ! C'en est trop, et nous irons devant les juges.

Scapin. – De grâce, Monsieur...

Argante. – Non, je n'en ferai rien.

Scapin. – Monsieur, un petit mulet.

Argante. – Je ne lui donnerais pas seulement un âne.

Scapin. – Considérez...

Argante. – Non, j'aime mieux plaider.

Scapin. – Eh ! Monsieur, de quoi parlez-vous là, et à quoi vous résolvez-vous ? Jetez les yeux sur les détours[59] de la justice. Voyez combien d'appels et de degrés de juridiction, combien de procédures[60] embarrassantes, combien d'animaux ravissants[61] par les griffes desquels

---

59. Les détours : les complications.
60. Appels, degrés de juridiction, procédures : démarches nécessaires pour faire un procès.
61. Animaux ravissants : Scapin compare les gens de justice à des animaux rapaces, avides d'argent.

il vous faudra passer : sergents, procureurs, avocats, greffiers, substituts, rapporteurs, juges et leurs clercs[62]. Il n'y a pas un de tous ces gens-là qui, pour la moindre chose, ne soit capable de donner un soufflet au meilleur droit du monde[63]. Un sergent baillera de faux exploits[64], sur quoi vous serez condamné sans que vous le sachiez. Votre procureur s'entendra avec votre partie[65] et vous vendra à beaux deniers comptants[66]. Votre avocat, gagné de même, ne se trouvera point lorsqu'on plaidera votre cause, ou dira des raisons qui ne feront que battre la campagne[67] et n'iront point au fait. Le greffier délivrera par contumace[68] des sentences et arrêts[69] contre vous. Le clerc du rapporteur soustraira des pièces[70], ou le rapporteur même ne dira pas ce qu'il a vu. Et quand, par les plus grandes précautions du monde, vous aurez paré[71] tout cela, vous serez ébahi[72] que vos juges auront été sollicités[73] contre vous ou par des gens dévots[74] ou par des femmes qu'ils aimeront. Eh ! Monsieur, si vous le pouvez, sauvez-vous de cet enfer-là ! C'est être damné dès ce monde, que d'avoir à plaider, et la

---

62. Sergents, procureurs, avocats, greffiers, substituts, rapporteurs, juges et leurs clercs : personnel judiciaire à qui l'on a affaire lorsqu'on intente un procès.
63. Donner un soufflet au meilleur droit du monde : mépriser les droits des gens.
64. Baillera de faux exploits : produira de faux actes de justice.
65. Votre partie : votre adversaire.
66. Vous vendra à beaux deniers comptants : vous trahira pour de l'argent.
67. Dira des raisons qui ne feront que battre la campagne : donnera des arguments qui s'écarteront du sujet.
68. Par contumace : en votre absence.
69. Sentences et arrêts : décisions de justice.
70. Pièces : pièces à conviction, documents divers.
71. Vous aurez paré : vous aurez échappé à.
72. Ébahi : surpris.
73. Sollicités : poussés à agir.
74. Des gens dévots : des gens d'Église.

seule pensée d'un procès serait capable de me faire fuir jusqu'aux Indes.

ARGANTE. – À combien est-ce qu'il fait monter le mulet ?

SCAPIN. – Monsieur, pour le mulet, pour son cheval et celui de son homme, pour le harnais et les pistolets, et pour payer quelque petite chose qu'il doit à son hôtesse, il demande en tout deux cents pistoles.

ARGANTE. – Deux cents pistoles ?

SCAPIN. – Oui.

ARGANTE, *se promenant en colère le long du théâtre.* – Allons, allons, nous plaiderons.

SCAPIN. – Faites réflexion...

ARGANTE. – Je plaiderai...

SCAPIN. – Ne vous allez point jeter...

ARGANTE. – Je veux plaider.

SCAPIN. – Mais, pour plaider, il vous faudra de l'argent. Il vous en faudra pour l'exploit. Il vous en faudra pour le contrôle. Il vous en faudra pour la procuration, pour la présentation, conseils, productions et journées du procureur[75]. Il vous en faudra pour les consultations et plaidoiries des avocats, pour le droit de retirer le sac[76] et pour les grosses d'écritures[77]. Il vous en faudra pour le rapport des substituts, pour les épices de conclusion[78], pour l'enregistrement du greffier, façon d'appointement, sentences

---

75. L'exploit, le contrôle, la procuration, la présentation, conseils, productions du procureur : différentes procédures lors d'un procès.
76. Retirer le sac : fait d'acheter l'ensemble des pièces du dossier à la fin du procès (acte obligatoire).
77. Les grosses d'écriture : les copies des actes judiciaires.
78. Les épices de conclusion : les cadeaux (qui étaient d'abord des épices) faits au juge à la fin du procès.

et arrêts, contrôles, signatures et expéditions[79] de leurs clercs, sans parler de tous les présents qu'il vous faudra faire. Donnez cet argent-là à cet homme-ci, vous voilà hors d'affaire.

Argante. – Comment ! deux cents pistoles !

Scapin. – Oui, vous y gagnerez. J'ai fait un petit calcul en moi-même de tous les frais de la justice, et j'ai trouvé qu'en donnant deux cents pistoles à votre homme, vous en aurez de reste pour le moins cent cinquante, sans compter les soins, les pas et les chagrins que vous vous épargnerez. Quand il n'y aurait à essuyer que les sottises que disent devant tout le monde de méchants plaisants d'avocats, j'aimerais mieux encore donner trois cents pistoles que de plaider.

Argante. – Je me moque de cela, et je défie les avocats de rien dire de moi.

Scapin. – Vous ferez ce qu'il vous plaira, mais, si j'étais que de vous, je fuirais les procès.

Argante. – Je ne donnerai point deux cents pistoles.

Scapin. – Voici l'homme dont il s'agit.

79. **Rapport des substituts, enregistrement du greffier, façon d'appointement, sentences et arrêts, contrôles, signatures et expéditions :** ensemble des droits à payer pour les écritures ou copies des actes judiciaires.

ACTE II

Scène 6

SYLVESTRE, ARGANTE, SCAPIN.

SYLVESTRE, *déguisé en spadassin*[80]. – Scapin, fais-moi connaître un peu cet Argante qui est père d'Octave.

SCAPIN. – Pourquoi, Monsieur ?

SYLVESTRE. – Je viens d'apprendre qu'il veut me mettre en procès, et faire rompre par justice le mariage de ma sœur.

SCAPIN. – Je ne sais pas s'il a cette pensée ; mais il ne veut point consentir aux deux cents pistoles que vous voulez, et il dit que c'est trop.

SYLVESTRE. – Par la mort ! par la tête ! par le ventre ! si je le trouve, je le veux échiner, dussé-je être roué[81] tout vif. *(Argante, pour n'être point vu, se tient en tremblant couvert de Scapin*[82]*.)*

SCAPIN. – Monsieur, ce père d'Octave a du cœur, et peut-être ne vous craindra-t-il point.

SYLVESTRE. – Lui ? lui ? Par le sang ! par la tête ! s'il était là, je lui donnerais tout à l'heure de l'épée dans le ventre. *(Apercevant Argante.)* Qui est cet homme-là ?

SCAPIN. – Ce n'est pas lui, Monsieur, ce n'est pas lui.

SYLVESTRE. – N'est-ce point quelqu'un de ses amis ?

---

80. Spadassin : un homme d'épée.
81. Dusse-je être roué : même si je suis condamné au supplice de la roue (écartelé, torturé).
82. Couvert de Scapin : caché derrière Scapin.

SCAPIN. – Non, Monsieur, au contraire, c'est son ennemi capital[83].

SYLVESTRE. – Son ennemi capital ?

SCAPIN. – Oui.

SYLVESTRE. – Ah ! parbleu ! j'en suis ravi. *(À Argante.)* Vous êtes ennemi, Monsieur, de ce faquin[84] d'Argante, eh ?

SCAPIN. – Oui, oui, je vous en réponds.

SYLVESTRE, *secouant la main d'Argante.* – Touchez là. Touchez. Je vous donne ma parole, et vous jure sur mon honneur, par l'épée que je porte, par tous les serments que je saurais faire, qu'avant la fin du jour je vous déferai de ce maraud fieffé[85], de ce faquin d'Argante. Reposez-vous sur moi.

SCAPIN. – Monsieur, les violences en ce pays-ci ne sont guère souffertes[86].

SYLVESTRE. – Je me moque de tout et je n'ai rien à perdre.

SCAPIN. – Il se tiendra sur ses gardes assurément ; et il a des parents, des amis et des domestiques dont il se fera un secours[87] contre votre ressentiment[88].

SYLVESTRE. – C'est ce que je demande, morbleu ! c'est ce que je demande. *(Il met l'épée à la main, et pousse de tous les côtés[89], comme s'il y avait plusieurs personnes devant lui.)* Ah ! tête ! ah ! ventre ! que ne le trouvé-je à cette heure avec tout son secours ! Que ne paraît-il à mes yeux au milieu de trente personnes ! Que ne les vois-je fondre sur moi les armes à la main ! Comment, marauds ! vous avez la

83. **Capital :** mortel.
84. **Ce faquin :** ce vaurien.
85. **Maraud fieffé :** horrible canaille.
86. **Souffertes :** admises.
87. **Dont il se fera un secours :** qui viendront à son aide.
88. **Votre ressentiment :** votre colère.
89. **Pousse de tous les côtés :** donne des coups d'épée de tous côtés.

hardiesse de vous attaquer à moi ! Allons, morbleu, tue ! Point de quartier[90]. *(Poussant de tous les côtés, comme s'il avait plusieurs personnes à combattre.)* Donnons. Ferme. Poussons. Bon pied, bon œil. Ah ! coquins ! ah ! canaille ! vous en voulez par là, je vous en ferai tâter votre soûl[91]. Soutenez[92], marauds, soutenez. Allons. À cette botte[93]. À cette autre. À celle-ci. À celle-là. *(Se tournant du côté d'Argante et de Scapin.)* Comment ! vous reculez ? Pied ferme, morbleu ! pied ferme !

SCAPIN. – Eh ! eh ! eh ! Monsieur, nous n'en sommes pas[94].

SYLVESTRE. – Voilà qui vous apprendra à vous oser jouer à moi[95]. *(Il s'éloigne.)*

SCAPIN. – Hé bien ! vous voyez combien de personnes tuées pour deux cents pistoles. Oh sus ! je vous souhaite une bonne fortune.

ARGANTE, *tout tremblant.* – Scapin !

SCAPIN. – Plaît-il ?

ARGANTE. – Je me résous à donner les deux cents pistoles.

SCAPIN. – J'en suis ravi pour l'amour de vous.

ARGANTE. – Allons le trouver, je les ai sur moi.

SCAPIN. – Vous n'avez qu'à me les donner. Il ne faut pas, pour votre honneur, que vous paraissiez là, après avoir passé ici pour autre que ce que vous êtes ; et, de plus, je craindrais qu'en vous faisant connaître, il n'allât s'aviser de vous en demander davantage.

---

90. **Point de quartier :** pas de pitié.
91. **Je vous en ferai tâter votre soûl :** je vous en ferai voir jusqu'à la limite du supportable.
92. **Soutenez :** tenez bon.
93. **À cette botte :** répondez à ce coup.
94. **Nous n'en sommes pas :** nous ne faisons pas partie de vos ennemis.
95. **À vous oser jouer à moi :** à oser vous attaquer à moi.

Argante. – Oui ; mais j'aurais été bien aise de voir comme je donne mon argent.

Scapin. – Est-ce que vous vous défiez de moi ?

Argante. – Non pas, mais...

Scapin. – Parbleu, Monsieur, je suis un fourbe ou je suis un honnête homme ; c'est l'un des deux. Est-ce que je voudrais vous tromper, et que dans tout ceci j'ai d'autre intérêt que le vôtre et celui de mon maître, à qui vous voulez vous allier ? Si je vous suis suspect, je ne me mêle plus de rien, et vous n'avez qu'à chercher dès cette heure qui accommodera vos affaires.

Argante. – Tiens, donc.

Scapin. – Non, Monsieur, ne me confiez point votre argent. Je serai bien aise que vous vous serviez de quelque autre.

Argante. – Mon Dieu, tiens.

Scapin. – Non, vous dis-je, ne vous fiez point à moi. Que sait-on si je ne veux point attraper votre argent ?

Argante. – Tiens, te dis-je, ne me fais point contester davantage. Mais songe à bien prendre tes sûretés[96] avec lui.

Scapin. – Laissez-moi faire, il n'a pas affaire à un sot.

Argante. – Je vais t'attendre chez moi.

Scapin. – Je ne manquerai pas d'y aller. *(Seul.)* Et un[97]. Je n'ai qu'à chercher l'autre. Ah ! ma foi, le voici. Il semble que le Ciel, l'un après l'autre, les amène dans mes filets.

---

96. Prendre tes sûretés : prendre tes précautions.
97. Et un : et d'un.

ACTE II

Scène 7

GÉRONTE, SCAPIN.

SCAPIN, *feignant de ne pas voir Géronte.* – Ô Ciel ! ô disgrâce[98] imprévue ! ô misérable père ! Pauvre Géronte, que feras-tu ?

GÉRONTE, *à part.* – Que dit-il là de moi, avec ce visage affligé[99] ?

SCAPIN, *même jeu.* – N'y a-t-il personne qui puisse me dire où est le seigneur Géronte ?

GÉRONTE. – Qu'y a-t-il, Scapin ?

SCAPIN, *courant sur le théâtre, sans vouloir entendre ni voir Géronte.* – Où pourrai-je le rencontrer pour lui dire cette infortune[100] ?

GÉRONTE, *courant après Scapin.* – Qu'est-ce que c'est donc ?

SCAPIN, *même jeu.* – En vain je cours de tous côtés pour le pouvoir trouver.

GÉRONTE. – Me voici.

SCAPIN, *même jeu.* – Il faut qu'il soit caché en quelque endroit qu'on ne puisse point deviner.

GÉRONTE, *arrêtant Scapin.* – Holà ! es-tu aveugle, que tu ne me vois pas ?

SCAPIN. – Ah ! Monsieur, il n'y a pas moyen de vous rencontrer.

98. Disgrâce : malheur.
99. Affligé : triste.
100. Infortune : malchance.

GÉRONTE. – Il y a une heure que je suis devant toi. Qu'est-ce que c'est donc qu'il y a ?

SCAPIN. – Monsieur...

GÉRONTE. – Quoi ?

SCAPIN. – Monsieur, votre fils...

GÉRONTE. – Hé bien ! mon fils...

SCAPIN. – Est tombé dans une disgrâce la plus étrange[101] du monde.

GÉRONTE. – Et quelle ?

SCAPIN. – Je l'ai trouvé tantôt, tout triste de je ne sais quoi que vous lui avez dit, où vous m'avez mêlé assez mal à propos, et, cherchant à divertir[102] cette tristesse, nous nous sommes allés promener sur le port. Là, entre autres plusieurs choses, nous avons arrêté nos yeux sur une galère turque[103] assez bien équipée. Un jeune Turc de bonne mine nous a invités d'y entrer et nous a présenté la main. Nous y avons passé, il nous a fait mille civilités[104], nous a donné la collation[105], où nous avons mangé des fruits les plus excellents qui se puissent voir, et bu du vin que nous avons trouvé le meilleur du monde.

GÉRONTE. – Qu'y a-t-il de si affligeant à tout cela ?

SCAPIN. – Attendez, Monsieur, nous y voici. Pendant que nous mangions, il a fait mettre la galère en mer, et, se voyant éloigné du port, il m'a fait mettre dans un esquif[106], et m'envoie vous dire que, si vous ne lui envoyez par moi

---

101. Étrange : terrible, épouvantable.
102. Divertir : nous détourner de.
103. Galère : navire à rames et à voiles.
104. Civilités : politesses.
105. Collation : petit repas.
106. Un esquif : une barque.

tout à l'heure cinq cents écus, il va vous emmener votre fils en Alger.

GÉRONTE. – Comment ! diantre, cinq cents écus !

SCAPIN. – Oui, Monsieur ; et, de plus, il ne m'a donné pour cela que deux heures.

GÉRONTE. – Ah ! le pendard de Turc ! m'assassiner de la façon.

SCAPIN. – C'est à vous, Monsieur, d'aviser promptement aux moyens de sauver des fers[107] un fils que vous aimez avec tant de tendresse.

GÉRONTE. – Que diable allait-il faire dans cette galère ?

SCAPIN. – Il ne songeait pas à ce qui est arrivé.

GÉRONTE. – Va-t'en, Scapin, va-t'en dire à ce Turc que je vais envoyer la justice après lui.

SCAPIN. – La justice en pleine mer ! Vous moquez-vous des gens ?

GÉRONTE. – Que diable allait-il faire dans cette galère ?

SCAPIN. – Une méchante[108] destinée conduit quelquefois les personnes.

GÉRONTE. – Il faut, Scapin, il faut que tu fasses ici l'action d'un serviteur fidèle.

SCAPIN. – Quoi, Monsieur ?

GÉRONTE. – Que tu ailles dire à ce Turc qu'il me renvoie mon fils, et que tu te mettes à sa place jusqu'à ce que j'aie amassé la somme qu'il demande.

---

107. Des fers : des chaînes de l'esclavage.
108. Méchante : malheureuse.

SCAPIN. – Eh ! Monsieur, songez-vous à ce que vous dites ? et vous figurez-vous que ce Turc ait si peu de sens[109] que d'aller recevoir un misérable comme moi à la place de votre fils ?

GÉRONTE. – Que diable allait-il faire dans cette galère ?

SCAPIN. – Il ne devinait pas ce malheur. Songez, Monsieur, qu'il ne m'a donné que deux heures.

GÉRONTE. – Tu dis qu'il demande…

SCAPIN. – Cinq cents écus.

GÉRONTE. – Cinq cents écus ! N'a-t-il point de conscience ?

SCAPIN. – Vraiment oui, de la conscience à un Turc !

GÉRONTE. – Sait-il bien ce que c'est que cinq cents écus ?

SCAPIN. – Oui, Monsieur, il sait que c'est mille cinq cents livres.

GÉRONTE. – Croit-il, le traître, que mille cinq cents livres se trouvent dans le pas d'un cheval ?

SCAPIN. – Ce sont des gens qui n'entendent point de raison.

GÉRONTE. – Mais que diable allait-il faire à cette galère ?

SCAPIN. – Il est vrai ; mais quoi ! on ne prévoyait pas les choses. De grâce, Monsieur, dépêchez.

GÉRONTE. – Tiens, voilà la clef de mon armoire.

SCAPIN. – Bon.

GÉRONTE. – Tu l'ouvriras.

SCAPIN. – Fort bien.

GÉRONTE. – Tu trouveras une grosse clef du côté gauche, qui est celle de mon grenier.

SCAPIN. – Oui.

---

109. Sens : jugement.

GÉRONTE. – Tu iras prendre toutes les hardes[110] qui sont dans cette grande manne[111], et tu les vendras aux fripiers[112] pour aller racheter mon fils.

SCAPIN, *en lui rendant la clef.* – Eh ! Monsieur, rêvez-vous ? Je n'aurais pas cent francs de tout ce que vous dites ; et, de plus, vous savez le peu de temps qu'on m'a donné.

GÉRONTE. – Mais que diable allait-il faire dans cette galère ?

SCAPIN. – Oh ! que de paroles perdues ! Laissez là cette galère, et songez que le temps presse, et que vous courez risque de perdre votre fils. Hélas ! mon pauvre maître, peut-être que je ne te verrai de ma vie, et qu'à l'heure que je parle, on t'emmène esclave en Alger ! Mais le Ciel me sera témoin que j'ai fait pour toi tout ce que j'ai pu, et que si tu manques à[113] être racheté, il n'en faut accuser que le peu d'amitié[114] d'un père.

GÉRONTE. – Attends, Scapin, je m'en vais quérir[115] cette somme.

SCAPIN. – Dépêchez donc vite, Monsieur, je tremble que l'heure ne sonne.

GÉRONTE. – N'est-ce pas quatre cents écus que tu dis ?

SCAPIN. – Non, cinq cents écus.

GÉRONTE. – Cinq cents écus ?

SCAPIN. – Oui.

GÉRONTE. – Que diable allait-il faire à cette galère ?

SCAPIN. – Vous avez raison. Mais hâtez-vous.

---

110. Hardes : vieux vêtements usagés.
111. Manne : panier en osier.
112. Fripiers : marchands de vieux vêtements.
113. Si tu manques à : si tu ne peux pas.
114. Amitié : affection.
115. Quérir : chercher.

GÉRONTE. – N'y avait-il point d'autre promenade ?

SCAPIN. – Cela est vrai. Mais faites promptement.

GÉRONTE. – Ah ! maudite galère !

SCAPIN, *à part*. – Cette galère lui tient au cœur.

GÉRONTE. – Tiens, Scapin, je ne me souvenais pas que je viens justement de recevoir cette somme en or, et je ne croyais pas qu'elle dût m'être sitôt ravie[116]. *(Il lui présente sa bourse, qu'il ne laisse pourtant pas aller, et, dans ses transports*[117]*, il fait aller son bras, de côté et d'autre, et Scapin le sien pour avoir la bourse.)* Tiens ! Va-t'en racheter mon fils.

SCAPIN, *tendant la main*. – Oui, Monsieur.

GÉRONTE, *retenant la bourse qu'il fait semblant de vouloir donner à Scapin*. – Mais dis à ce Turc que c'est un scélérat.

SCAPIN, *tendant toujours la main*. – Oui.

GÉRONTE, *même jeu*. – Un infâme.

SCAPIN. – Oui.

GÉRONTE, *même jeu*. – Un homme sans foi, un voleur.

SCAPIN. – Laissez-moi faire.

GÉRONTE, *même jeu*. – Qu'il me tire cinq cents écus contre toute sorte de droit.

SCAPIN. – Oui.

GÉRONTE, *même jeu*. – Que je ne les lui donne ni à la mort ni à la vie[118].

SCAPIN. – Fort bien.

GÉRONTE. – Et que, si jamais je l'attrape, je saurai me venger de lui.

---

116. Ravie : enlevée.
117. Ses transports : son agitation.
118. Ni à la mort, ni à la vie : ni dans ce monde, ni dans l'autre.

SCAPIN. – Oui.

GÉRONTE, *remettant sa bourse dans sa poche et s'en allant.* – Va, va vite requérir[119] mon fils.

SCAPIN, *allant après lui.* – Holà ! Monsieur.

GÉRONTE. – Quoi ?

SCAPIN. – Où est donc cet argent ?

GÉRONTE. – Ne te l'ai-je pas donné ?

SCAPIN. – Non, vraiment, vous l'avez remis dans votre poche.

GÉRONTE. – Ah ! c'est la douleur qui me trouble l'esprit.

SCAPIN. – Je le vois bien.

GÉRONTE. – Que diable allait-il faire dans cette galère ? Ah ! maudite galère ! Traître de Turc à tous les diables !

SCAPIN, *seul.* – Il ne peut digérer les cinq cents écus que je lui arrache ; mais il n'est pas quitte envers moi, et je veux qu'il me paye en une autre monnaie l'imposture[120] qu'il m'a faite auprès de son fils.

---

119. Requérir : chercher.
120. Imposture : Géronte a dit à son fils Léandre que c'est Scapin qui lui a dévoilé sa secrète aventure amoureuse.

Scène 8

OCTAVE, LÉANDRE, SCAPIN.

OCTAVE. – Hé bien ! Scapin, as-tu réussi pour moi dans ton entreprise ?

LÉANDRE. – As-tu fait quelque chose pour tirer mon amour de la peine où il est ?

SCAPIN, *à Octave.* – Voilà deux cents pistoles que j'ai tirées de votre père.

OCTAVE. – Ah ! que tu me donnes de joie !

SCAPIN, *à Léandre.* – Pour vous je n'ai pu faire rien.

LÉANDRE, *veut s'en aller.* – Il faut donc que j'aille mourir ; et je n'ai que faire de vivre, si Zerbinette m'est ôtée.

SCAPIN. – Holà ! holà ! tout doucement. Comme diantre vous allez vite !

LÉANDRE, *se retourne.* – Que veux-tu que je devienne ?

SCAPIN. – Allez, j'ai votre affaire ici.

LÉANDRE, *revient.* – Ah ! tu me redonnes la vie.

SCAPIN. – Mais à condition que vous me permettrez, à moi, une petite vengeance contre votre père pour le tour qu'il m'a fait.

LÉANDRE. – Tout ce que tu voudras.

SCAPIN. – Vous me le promettez devant témoin ?

LÉANDRE. – Oui.

SCAPIN. – Tenez, voilà cinq cents écus.

LÉANDRE. – Allons-en promptement acheter celle que j'adore.

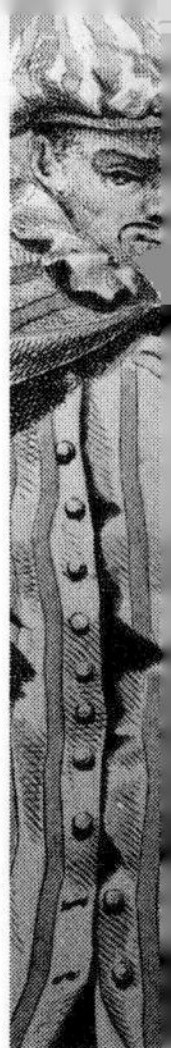

QUESTIONS SUR L'ACTE II

AI-JE BIEN LU ?

1 Complète les phrases avec les prénoms des jeunes gens.
Léandre et Octave ont chacun besoin d'argent :

- .... doit sortir .... de la misère.
- .... doit payer une rançon pour racheter ....

2 Vrai ou faux ? Coche la bonne réponse.

	VRAI	FAUX
a. Le spadassin n'est autre que Sylvestre déguisé.	☐	☐
b. Léandre a vraiment été enlevé par les Turcs.	☐	☐

J'ANALYSE LE TEXTE

Scapin victime de lui-même

3 **a.** Quelle parole Scapin a-t-il dite en parlant de Léandre dans l'acte I, scène 4 (l. 398-400) ? À qui ?
b. Retrace le circuit de la parole (Scapin a parlé à… qui l'a répété à…) en plaçant dans les bulles Léandre, Argante et Géronte.

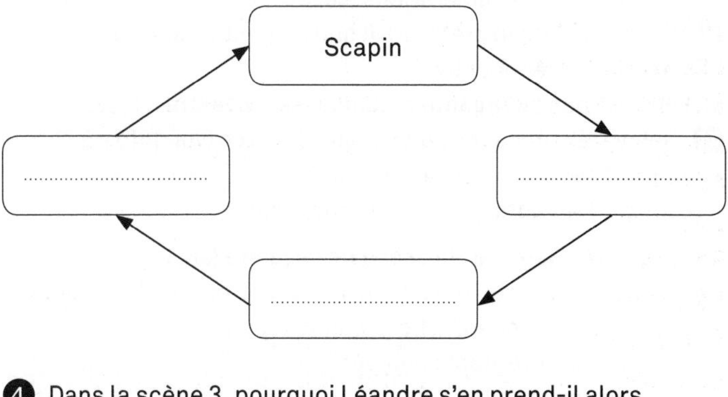

4 Dans la scène 3, pourquoi Léandre s'en prend-il alors à Scapin ?

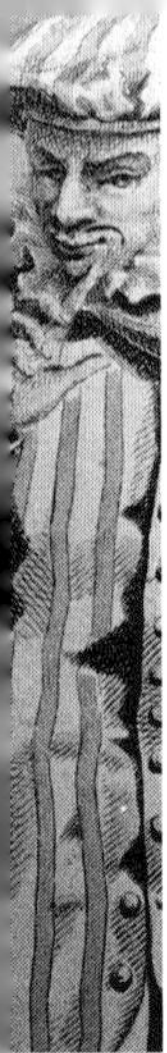

Le quiproquo et le retournement de situation

INFO+

- Un **quiproquo** est un malentendu.
- Il y a **retournement de situation** quand un événement inattendu modifie la situation d'un personnage.

5 **a.** Scapin sait-il de quoi Léandre l'accuse (sc. 3) ?
b. Quels aveux est-il amené à faire ?

6 **a.** Quelles sont les réactions de Léandre (paroles et actes) ?
b. En quoi la scène repose-t-elle sur un quiproquo comique ?
c. Qui a le dessus dans cette scène ?

7 **a.** Quel retournement de situation sauve Scapin (sc. 4) ?
b. Scapin accepte-t-il de venir en aide à Léandre ?

Deux fourberies de Scapin

— Scapin et Argante : le spadassin (sc. 5 et 6)

8 Fais la liste de ce que demande le « spadassin ».

9 **a.** Pourquoi Scapin déconseille-t-il à Argante de plaider ?
b. Comment s'y prend-il pour le convaincre de ne pas plaider ? Appuie-toi sur les énumérations (sc. 5).

10 Pourquoi Scapin préfère-t-il que l'argent lui soit remis ?
☐ Il veut le garder pour lui.
☐ Il ne veut pas qu'Argante reconnaisse Sylvestre.

11 Relève les procédés du comique de farce (voir Info+ p. 39) :
– jurons et gestes de Sylvestre (sc. 6) ;
– réaction d'Argante à la vue du spadassin.

— Scapin et Géronte : la scène de la galère (sc. 7)

12 Comment Scapin réussit-il à attirer l'attention de Géronte au début de la scène ? Coche la bonne réponse.
☐ Il exprime une véritable douleur.
☐ Il simule une grande douleur.

13 Quelle histoire invente-t-il pour faire payer Géronte ?

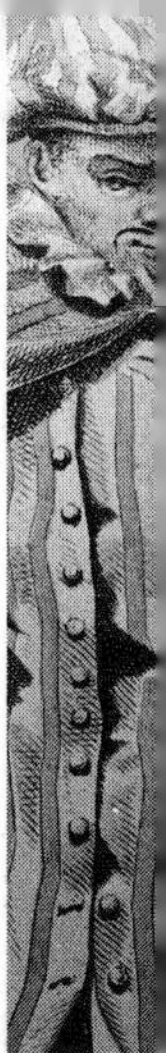

14 **a.** Quelles solutions Géronte imagine-t-il pour ne pas payer ?
b. Comment Scapin balaie-t-il chacune d'elles ?
c. Quel dernier stratagème Géronte trouve-t-il pour ne pas donner son argent (l. 665-694) ?

15 **a.** Quelle phrase est répétée par Géronte ? Combien de fois ?
b. Quel est le caractère de Géronte, d'après ses réactions ?
c. Quels sont les types de comique mis en œuvre ?

JE FAIS LE BILAN

16 Complète le bilan avec les mots suivants.

écus | Léandre | pistoles | plaider | Turcs

quiproquo | rançon | spadassin | Sylvestre

a. Scapin, pris à son propre jeu, a été victime d'un .... Il s'est trouvé en position de faiblesse face à .... avant de reprendre le dessus.
b. Scapin a réussi ensuite à soutirer cinq cents .... à Géronte et deux cents .... à Argante.
c. Avec l'aide de .... , déguisé en .... , il a persuadé Argante de payer plutôt que de ....
d. Il a convaincu Géronte en lui faisant croire que son fils a été enlevé par les .... et qu'il doit payer une .... pour le délivrer.

JE FORMULE MES IMPRESSIONS

17 Selon toi, Géronte et Argante aiment-ils leurs fils ou sont-ils des pères indignes ?
Justifie ton point de vue.

J'ÉTUDIE LA LANGUE

Grammaire : la phrase de type exclamatif

INFO+
La **phrase exclamative** se termine par un point d'exclamation. Elle exprime un sentiment ou une émotion.

18 Relie chaque phrase à l'émotion exprimée.

Phrases			Sentiments
Léandre : « Oh ! mon pauvre Scapin, j'implore ton secours ! »	•	•	menace
Géronte : « Ah ! maudite galère ! traître de Turc à tous les diables ! »	•	•	désespoir simulé
Scapin : « Ô Ciel ! ô disgrâce imprévue ! ô misérable père ! »	•	•	détresse
Sylvestre : « Par la mort ! Par la tête ! Par le ventre ! »	•	•	colère

Vocabulaire : les injures de comédie

19 Recherche l'origine et le sens de ces injures.
a. pendard ; **b.** vaurien ; **c.** infâme ; **d.** scélérat.

AIDE
Voici l'origine latine de deux de ces mots.
- *fama* : réputation ;
- *scelus*, *sceleris* : crime, méfait.

JE LIS DES IMAGES

Acte II scène 6 • scène du spadassin

20 **a.** Qui sont les personnages ?
b. Décris leurs costumes et leurs attitudes.
c. Selon toi, Sylvestre est-il menaçant ou comique ?

► RETROUVE CETTE IMAGE EN COULEUR SUR LA COUVERTURE

Les Fourberies de Scapin (2017), mise en scène de Denis Podalydès à la Comédie-Française, avec Sylvestre déguisé en spadassin (joué par Bakari Sangaré) et prêt à frapper Argante (joué par Nicolas Lormeau ou Gilles David en alternance).

Acte II scène 7 • scène de la galère

21 **a.** Identifie et décris les deux personnages.
b. Que veut obtenir Scapin de Géronte ?
c. Géronte se laisse-t-il faire, à ton avis ?

► RETROUVE CETTE IMAGE EN COULEUR SUR LE RABAT DE COUVERTURE

Les Fourberies de Scapin (2017), mise en scène de Denis Podalydès, à la Comédie-Française, avec Benjamin Lavernhe (Scapin) et Didier Sandre (Géronte).

ACTE III

Scène première

ZERBINETTE, HYACINTE, SCAPIN, SYLVESTRE.

SYLVESTRE. – Oui, vos amants[1] ont arrêté[2] entre eux que vous fussiez ensemble, et nous nous acquittons de l'ordre qu'ils nous ont donné.

HYACINTE, *à Zerbinette.* – Un tel ordre n'a rien qui ne me soit fort agréable. Je reçois avec joie une compagne de la sorte, et il ne tiendra pas à moi que l'amitié qui est entre les personnes que nous aimons ne se répande entre nous deux.

ZERBINETTE. – J'accepte la proposition, et ne suis point personne à reculer lorsqu'on m'attaque d'amitié[3].

SCAPIN. – Et lorsque c'est d'amour qu'on vous attaque ?

ZERBINETTE. – Pour l'amour, c'est une autre chose : on y court un peu plus de risque, et je n'y suis pas si hardie.

SCAPIN. – Vous l'êtes, que je crois, contre mon maître[4] maintenant ; et ce qu'il vient de faire pour vous doit vous donner du cœur pour répondre comme il faut à sa passion.

ZERBINETTE. – Je ne m'y fie encore que de la bonne sorte[5], et ce n'est pas assez pour m'assurer[6] entièrement, que ce

1. **Amants :** amoureux.
2. **Ont arrêté :** ont décidé.
3. **Lorsqu'on m'attaque d'amitié :** lorsqu'on me propose son amitié.
4. **Vous l'êtes [...] contre mon maître :** vous êtes hardie contre l'attaque amoureuse de Léandre, c'est-à-dire que vous acceptez son amour.
5. **Je ne m'y fie encore que de la bonne sorte :** je n'ai confiance en lui que si ses intentions sont honnêtes.
6. **M'assurer :** me rassurer.

qu'il vient de faire[7]. J'ai l'humeur enjouée, et sans cesse je ris ; mais, tout en riant, je suis sérieuse sur de certains chapitres ; et ton maître s'abusera[8] s'il croit qu'il lui suffise de m'avoir achetée pour me voir toute à lui. Il doit lui en coûter autre chose que de l'argent ; et, pour répondre à son amour de la manière qu'il souhaite, il me faut un don de sa foi[9] qui soit assaisonné de certaines cérémonies[10] qu'on trouve nécessaires.

SCAPIN. – C'est là aussi comme il l'entend. Il ne prétend à vous qu'en tout bien et en tout honneur ; et je n'aurais pas été homme à me mêler de cette affaire, s'il avait une autre pensée.

ZERBINETTE. – C'est ce que je veux croire, puisque vous me le dites ; mais du côté du père, j'y prévois des empêchements.

SCAPIN. – Nous trouverons moyen d'accommoder les choses.

HYACINTE, *à Zerbinette.* – La ressemblance de nos destins doit contribuer encore à faire naître notre amitié ; et nous nous voyons toutes deux dans les mêmes alarmes, toutes deux exposées à la même infortune.

ZERBINETTE. – Vous avez cet avantage, au moins, que vous savez de qui vous êtes née, et que l'appui de vos parents, que vous pouvez faire connaître, est capable d'ajuster[11] tout, peut assurer votre bonheur et faire donner un consente-

---

7. **Ce qu'il vient de faire :** payer ma rançon.
8. **S'abusera :** se trompera.
9. **Sa foi :** sa fidélité.
10. **Certaines cérémonies :** allusion au mariage.
11. **Ajuster :** arranger.

ment au mariage qu'on trouve fait. Mais, pour moi, je ne rencontre aucun secours dans ce que je puis être, et l'on me voit dans un état qui n'adoucira pas les volontés d'un père qui ne regarde que le bien[12].

HYACINTE. – Mais aussi avez-vous cet avantage que l'on ne tente point par un autre parti celui que vous aimez[13].

ZERBINETTE. – Le changement du cœur d'un amant n'est pas ce qu'on peut le plus craindre. On se peut naturellement croire assez de mérite pour garder sa conquête ; et ce que je vois de plus redoutable dans ces sortes d'affaires, c'est la puissance paternelle, auprès de qui tout le mérite ne sert de rien.

HYACINTE. – Hélas ! pourquoi faut-il que de justes inclinations se trouvent traversées[14] ? La douce chose que d'aimer, lorsque l'on ne voit point d'obstacle à ces aimables chaînes dont deux cœurs se lient ensemble !

SCAPIN. – Vous vous moquez. La tranquillité en amour est un calme désagréable. Un bonheur tout uni nous devient ennuyeux ; il faut du haut et du bas dans la vie, et les difficultés qui se mêlent aux choses réveillent les ardeurs, augmentent les plaisirs.

ZERBINETTE. – Mon Dieu, Scapin, fais-nous un peu ce récit, qu'on m'a dit qui est si plaisant, du stratagème dont tu t'es avisé pour tirer de l'argent de ton vieillard avare. Tu sais qu'on ne perd point sa peine lorsqu'on me fait un

---

12. Le bien : la fortune.
13. Que l'on ne tente point par un autre parti celui que vous aimez : que l'on ne propose pas une autre jeune fille à celui que vous aimez (allusion au mariage arrangé d'Octave avec la fille de Géronte).
14. Que de justes inclinations se trouvent traversées : que l'amour véritable se heurte à des obstacles.

conte, et que je le paye assez bien par la joie qu'on m'y voit prendre.

SCAPIN. – Voilà Sylvestre qui s'en acquittera aussi bien que moi. J'ai dans la tête certaine petite vengeance dont je vais goûter le plaisir.

SYLVESTRE. – Pourquoi, de gaieté de cœur, veux-tu chercher à t'attirer de méchantes affaires ?

SCAPIN. – Je me plais à tenter des entreprises hasardeuses.

SYLVESTRE. – Je te l'ai déjà dit, tu quitterais le dessein[15] que tu as, si tu m'en voulais croire.

SCAPIN. – Oui ; mais c'est moi que j'en croirai.

SYLVESTRE. – À quoi diable te vas-tu amuser ?

SCAPIN. – De quoi diable te mets-tu en peine ?

SYLVESTRE. – C'est que je vois que sans nécessité tu vas courir risque de t'attirer une venue[16] de coups de bâton.

SCAPIN. – Hé bien ! c'est aux dépens de mon dos, et non pas du tien.

SYLVESTRE. – Il est vrai que tu es maître de tes épaules, et tu en disposeras comme il te plaira.

SCAPIN. – Ces sortes de périls ne m'ont jamais arrêté, et je hais ces cœurs pusillanimes[17] qui, pour trop prévoir les suites des choses, n'osent rien entreprendre.

ZERBINETTE, *à Scapin.* – Nous aurons besoin de tes soins[18].

SCAPIN. – Allez, je vous irai bientôt rejoindre. Il ne sera pas dit qu'impunément[19] on m'ait mis en état de me trahir moi-même et de découvrir les secrets qu'il était bon qu'on ne sût pas.

---

15. Le dessein : le projet.
16. Une venue : une volée.
17. Pusillanimes : manquant de courage.
18. Tes soins : tes services.
19. Impunément : sans être puni.

Scène 2

GÉRONTE, SCAPIN.

GÉRONTE. – Hé bien ! Scapin, comment va l'affaire de mon fils ?

SCAPIN. – Votre fils, Monsieur, est en lieu de sûreté ; mais vous courez maintenant, vous, le péril le plus grand du monde, et je voudrais pour beaucoup que vous fussiez dans votre logis.

GÉRONTE. – Comment donc ?

SCAPIN. – À l'heure que je parle, on vous cherche de toutes parts pour vous tuer.

GÉRONTE. – Moi ?

SCAPIN. – Oui.

GÉRONTE. – Et qui ?

SCAPIN. – Le frère de cette personne qu'Octave a épousée. Il croit que le dessein que vous avez de mettre votre fille à la place que tient sa sœur est ce qui pousse le plus fort à faire rompre leur mariage, et, dans cette pensée, il a résolu hautement[20] de décharger son désespoir sur vous, et vous ôter la vie pour venger son honneur. Tous ses amis, gens d'épée comme lui, vous cherchent de tous les côtés et demandent de vos nouvelles. J'ai vu même deçà et delà des soldats de sa compagnie qui interrogent ceux qu'ils trouvent, et occupent par pelotons toutes les

20. **Hautement** : fermement.

avenues de votre maison[21]. De sorte que vous ne sauriez aller chez vous, vous ne sauriez faire un pas ni à droite ni à gauche, que vous ne tombiez dans leurs mains.

GÉRONTE. – Que ferai-je, mon pauvre Scapin ?

SCAPIN. – Je ne sais pas, Monsieur, et voici une étrange affaire. Je tremble pour vous depuis les pieds jusqu'à la tête, et... Attendez. *(Il se retourne, et fait semblant d'aller voir au bout du théâtre s'il n'y a personne.)*

GÉRONTE, *en tremblant.* – Eh ?

SCAPIN, *en revenant.* – Non, non, non, ce n'est rien.

GÉRONTE. – Ne saurais-tu trouver quelque moyen pour me tirer de peine ?

SCAPIN. – J'en imagine bien un ; mais je courrais risque, moi, de me faire assommer.

GÉRONTE. – Eh ! Scapin, montre-toi serviteur zélé. Ne m'abandonne pas, je te prie.

SCAPIN. – Je le veux bien. J'ai une tendresse pour vous qui ne saurait souffrir que je vous laisse sans secours.

GÉRONTE. – Tu en seras récompensé, je t'assure ; et je te promets cet habit-ci, quand je l'aurai un peu usé.

SCAPIN. – Attendez. Voici une affaire[22] que je me suis trouvée fort à propos pour vous sauver. Il faut que vous vous mettiez dans ce sac, et que...

GÉRONTE, *croyant voir quelqu'un.* – Ah !

SCAPIN. – Non, non, non, non, ce n'est personne. Il faut, dis-je, que vous vous mettiez là-dedans, et que vous vous gardiez de remuer en aucune façon. Je vous chargerai

---

21. Les avenues de votre maison : les rues qui mènent à votre maison.
22. Une affaire : quelque chose (Scapin montre un sac).

sur mon dos comme un paquet de quelque chose, et je vous porterai ainsi, au travers de vos ennemis, jusque dans votre maison, où, quand nous serons une fois, nous pourrons nous barricader et envoyer quérir main-forte[23] contre la violence.

Géronte. – L'invention est bonne.

Scapin. – La meilleure du monde. Vous allez voir. *(À part.)* Tu me paieras l'imposture.

Géronte. – Eh ?

Scapin. – Je dis que vos ennemis seront bien attrapés. Mettez-vous bien jusqu'au fond, et surtout prenez garde de ne vous point montrer et de ne branler pas[24], quelque chose qui puisse arriver.

Géronte. – Laisse-moi faire. Je saurai me tenir...

Scapin. – Cachez-vous, voici un spadassin qui vous cherche. *(En contrefaisant sa voix.)* « Quoi ! jé n'aurai pas l'abantage[25] dé tuer cé Géronte et quelqu'un par charité né m'enseignera pas où il est ? » *(À Géronte, avec sa voix ordinaire.)* Ne branlez pas. *(Reprenant son ton contrefait.)* « Cadédis ! jé lé trouberai, se cachât-il au centre de la terre. » *(À Géronte, avec son ton naturel.)* Ne vous montrez pas. *(Tout le langage gascon est supposé de celui qu'il contrefait, et le reste de lui.)* « Oh ! l'homme au sac. – Monsieur. – Jé té vaille[26] un louis, et m'enseigne où put être Géronte. – Vous cherchez le seigneur Géronte ? – Oui, mordi ! jé lé cherche. – Et pour quelle affaire, Monsieur ? – Pour quelle

---

23. Quérir main-forte : chercher secours.
24. Ne branler pas : ne pas bouger.
25. Abantage : l'accent gascon consiste ici à remplacer les *v* par des *b* et les *e* par des *é*.
26. Jé té vaille : mis pour « je te baille », je te donne.

affaire ? – Oui. – Jé beux, cadédis[27] ! lé faire mourir sous les coups dé vâton. – Oh ! Monsieur, les coups de bâton ne se donnent point à des gens comme lui, et ce n'est pas un homme à être traité de la sorte. – Qui, cé fat[28] de Géronte, cé maraud, cé vélître[29] ? – Le seigneur Géronte, Monsieur, n'est ni fat, ni maraud, ni belître, et vous devriez, s'il vous plaît, parler d'autre façon. – Comment ! tu mé traîtes, à moi, avec cette hauteur ? – Je défends, comme je dois, un homme d'honneur qu'on offense. – Est-ce que tu es des amis dé cé Géronte ? – Oui, Monsieur, j'en suis. – Ah ! cadédis ! tu es dé ses amis, à la vonne hure ![30] *(Il donne plusieurs coups de bâton sur le sac.)* Tiens ! boilà cé qué jé té vaille pour lui. – Ah ! ah ! ah ! ah ! Monsieur. Ah ! ah ! Monsieur, tout beau ! Ah ! doucement, ah ! ah ! ah ! – Va, porte-lui cela dé ma part. Adiusias[31] ! » Ah ! Diable soit le Gascon ! Ah ! *(en se plaignant et remuant le dos, comme s'il avait reçu les coups de bâton).*

GÉRONTE, *mettant la tête hors du sac.* – Ah ! Scapin, je n'en puis plus.

SCAPIN. – Ah ! Monsieur, je suis tout moulu, et les épaules me font un mal épouvantable.

GÉRONTE. – Comment ! c'est sur les miennes qu'il a frappé.

SCAPIN. – Nenni, Monsieur, c'était sur mon dos qu'il frappait.

GÉRONTE. – Que veux-tu dire ? J'ai bien senti les coups, et les sens bien encore.

27. Cadédis : tête de Dieu (juron).
28. Fat : sot.
29. Vélître : pour bélître (fainéant).
30. À la vonne hure ! : à la bonne heure !
31. Adiusias : adieu.

SCAPIN. – Non, vous dis-je, ce n'était que le bout du bâton qui a été jusque sur vos épaules.

GÉRONTE. – Tu devais donc te retirer un peu plus loin pour m'épargner...

SCAPIN, *lui remet la tête dans le sac.* – Prenez garde, en voici un autre qui a la mine d'un étranger. (*Cet endroit est de même que celui du Gascon pour le changement de langage et le jeu de théâtre.)* « Parti[32], moi courir comme une Basque[33], et moi ne pouvre point troufair[34] de tout le jour sti tiable de Gironte. » *(À Géronte, avec sa voix ordinaire.)* Cachez-vous bien. « Dites-moi un peu, fous, Monsir l'homme, s'il ve plaît, fous savoir point où l'est sti Gironte que moi cherchair ? – Non, Monsieur, je ne sais point où est Géronte. – Dites-moi-le, fous, frenchemente, moi li fouloir pas grande chose à lui. L'est seulemente pour le donnair un petite régal sur le dos d'une douzaine de coups de bâtonne, et de trois ou quatre petites coups d'épée au trafers de son poitrine. – Je vous assure, Monsieur, que je ne sais pas où il est. – Il me semble que j'y fois remuair quelque chose dans sti sac. – Pardonnez-moi, Monsieur. – Li est assurément quelque histoire là-tetans. – Point du tout, Monsieur. – Moi l'avoir enfie de tonner ain coup d'épée dans sti sac. – Ah ! Monsieur, gardez-vous-en bien. – Montre-le-moi un peu, fous, ce que c'être là. – Tout beau ! Monsieur. – Quement ? tout beau ? – Vous n'avez que faire de vouloir voir ce que je porte. – Et moi, je le fouloir

---

32. Parti : pardi (par Dieu).
33. Courir comme une Basque : courir vite.
34. Ne pouvre point troufair : ne pouvoir point trouver (pseudo accent germanique consistant à changer le *d* en *t* ; le *v* en *f*, le *b* en *p*).

foir, moi. – Vous ne le verrez point. – Ah ! que de badinemente[35] ! – Ce sont hardes qui m'appartiennent. – Montre-moi fous, te dis-je. – Je n'en ferai rien. – Toi ne faire rien ? – Non. – Moi pailler[36] de ste bâtonne dessus les épaules de toi. – Je me moque de cela. – Ah ! toi faire le trôle ! – *(Donnant des coups de bâton sur le sac et criant comme s'il les recevait.)* Ahi ! ahi ! ahi ! Ah ! Monsieur, ah ! ah ! ah ! ah ! – Jusqu'au refoir. L'être là un petit leçon pour li apprendre à toi à parlair insolentemente. » Ah ! Peste soit du baragouineux[37] ! Ah !

GÉRONTE, *sortant la tête du sac.* – Ah ! je suis roué.

SCAPIN. – Ah ! je suis mort.

GÉRONTE. – Pourquoi diantre faut-il qu'ils frappent sur mon dos ?

SCAPIN, *lui remettant la tête dans le sac.* – Prenez garde, voici une demi-douzaine de soldats tout ensemble. *(Il contrefait plusieurs personnes ensemble.)* « Allons, tâchons à trouver ce Géronte, cherchons partout. N'épargnons point nos pas. Courons toute la ville. N'oublions aucun lieu. Visitons tout. Furetons[38] de tous les côtés. Par où irons-nous ? Tournons par là. Non, par ici. À gauche. À droite. Nenni. Si fait. » *(À Géronte, avec sa voix ordinaire.)* Cachez-vous bien. « Ah ! camarades, voici son valet. Allons, coquin, il faut que tu nous enseignes où est ton maître. – Eh ! Messieurs, ne me maltraitez point. – Allons, dis-nous où il est. Parle. Hâte-

35. **Badinemente :** badineries, plaisanteries.
36. **Pailler :** bailler (donner).
37. **Baragouineux :** homme qui parle une langue incorrectement.
38. **Furetons :** fouillons.

toi. Expédions[39]. Dépêche vite. Tôt[40]. – Eh ! Messieurs, doucement. *(Géronte met doucement la tête hors du sac et aperçoit la fourberie de Scapin.)* – Si tu ne nous fais trouver ton maître tout à l'heure[41], nous allons faire pleuvoir sur toi une ondée de coups de bâton. – J'aime mieux souffrir toute chose que de vous découvrir[42] mon maître. – Nous allons t'assommer. – Faites tout ce qu'il vous plaira. – Tu as envie d'être battu ? – Je ne trahirai point mon maître. – Ah ! tu en veux tâter[43] ? Voilà… – Oh ! » *(Comme il est prêt de frapper, Géronte sort du sac et Scapin s'enfuit.)*

GÉRONTE. – Ah ! infâme ! Ah ! traître ! Ah ! scélérat ! C'est ainsi que tu m'assassines !

Les Fourberies de Scapin (1997), mise en scène de Jean-Louis Benoit, à la Comédie-Française, avec Philippe Torreton (dans le rôle de Scapin).

---

39. Expédions : achevons.
40. Tôt : vite.
41. Tout à l'heure : tout de suite.
42. Vous découvrir : vous dire où se trouve.
43. Tu en veux tâter : tu veux en goûter (du bâton).

ACTE III

Scène 3

ZERBINETTE, GÉRONTE.

ZERBINETTE, *en riant, sans voir Géronte.* – Ah ! ah ! je veux prendre un peu l'air.

GÉRONTE, *se croyant seul.* – Tu me le payeras, je te jure.

ZERBINETTE, *sans voir Géronte.* – Ah ! ah ! ah ! ah ! la plaisante histoire, et la bonne dupe que ce vieillard !

GÉRONTE. – Il n'y a rien de plaisant à cela, et vous n'avez que faire d'en rire.

ZERBINETTE. – Quoi ! que voulez-vous dire, Monsieur ?

GÉRONTE. – Je veux dire que vous ne devez pas vous moquer de moi.

ZERBINETTE. – De vous ?

GÉRONTE. – Oui.

ZERBINETTE. – Comment ? qui songe à se moquer de vous ?

GÉRONTE. – Pourquoi venez-vous ici me rire au nez ?

ZERBINETTE. – Cela ne vous regarde point, et je ris toute seule d'un conte qu'on vient de me faire, le plus plaisant qu'on puisse entendre ; je ne sais pas si c'est parce que je suis intéressée dans la chose, mais je n'ai jamais trouvé rien de si drôle qu'un tour qui vient d'être joué par un fils à son père pour en attraper de l'argent.

GÉRONTE. – Par un fils à son père pour en attraper de l'argent ?

Zerbinette. – Oui. Pour peu que vous me pressiez, vous me trouverez assez disposée à vous dire l'affaire, et j'ai une démangeaison naturelle à faire part des contes que je sais.

Géronte. – Je vous prie de me dire cette histoire.

Zerbinette. – Je le veux bien. Je ne risquerai pas grand'chose à vous la dire, et c'est une aventure qui n'est pas pour être longtemps secrète. La destinée a voulu que je me trouvasse parmi une bande de ces personnes qu'on appelle Égyptiens, et qui, rôdant de province en province, se mêlent de dire la bonne fortune[44], et quelquefois de beaucoup d'autres choses. En arrivant dans cette ville, un jeune homme me vit et conçut pour moi de l'amour. Dès ce moment il s'attache à mes pas, et le voilà d'abord comme tous les jeunes gens, qui croient qu'il n'y a qu'à parler, et qu'au moindre mot qu'ils nous disent, leurs affaires sont faites ; mais il trouva une fierté[45] qui lui fit un peu corriger ses premières pensées. Il fit connaître sa passion aux gens qui me tenaient, et il les trouva disposés à me laisser à lui moyennant quelque somme. Mais le mal de l'affaire était que mon amant se trouvait dans l'état où l'on voit très souvent la plupart des fils de famille, c'est-à-dire qu'il était dénué d'argent[46] ; et il a un père qui, quoique riche, est un avaricieux fieffé, le plus vilain homme du monde. Attendez. Ne me saurais-je souvenir de son nom ? Hai ! Aidez-moi un peu. Ne pouvez-vous me nommer quelqu'un de cette ville qui soit connu pour être avare au dernier point ?

---

44. La bonne fortune : la bonne aventure.
45. Une fierté : une résistance.
46. Dénué d'argent : sans argent.

GÉRONTE. – Non.

ZERBINETTE. – Il y a à son nom du ron... ronte. Or... Oronte. Non. Gé... Géronte. Oui. Géronte, justement; voilà mon vilain, je l'ai trouvé, c'est ce ladre-là[47] que je dis. Pour venir à notre conte, nos gens ont voulu aujourd'hui partir de cette ville, et mon amant m'allait perdre, faute d'argent, si, pour en tirer de son père, il n'avait trouvé de secours dans l'industrie[48] d'un serviteur qu'il a. Pour le nom du serviteur, je le sais à merveille. Il s'appelle Scapin ; c'est un homme incomparable, et il mérite toutes les louanges qu'on peut donner.

GÉRONTE, *à part.* – Ah ! coquin que tu es !

ZERBINETTE. – Voici le stratagème dont il s'est servi pour attraper sa dupe[49]. Ah ! ah ! ah ! ah ! Je ne saurais m'en souvenir que je ne rie de tout mon cœur. Ah ! ah ! ah ! Il est allé chercher ce chien d'avare ! ah ! ah ! ah ! et lui a dit qu'en se promenant sur le port avec son fils, hi ! hi ! ils avaient vu une galère turque où on les avait invités d'entrer ; qu'un jeune Turc leur y avait donné la collation, ah ! que, tandis qu'ils mangeaient, on avait mis la galère en mer, et que le Turc l'avait renvoyé lui seul à terre dans un esquif, avec l'ordre de dire au père de son maître qu'il emmenait son fils en Alger, s'il ne lui envoyait tout à l'heure cinq cents écus. Ah ! ah ! ah ! Voilà mon ladre, mon vilain, dans de furieuses angoisses ; et la tendresse qu'il a pour son fils fait un combat étrange avec son avarice.

---

47. Ladre : avare au plus haut point.
48. L'industrie : l'habileté.
49. Sa dupe : sa victime.

Cinq cents écus qu'on lui demande sont justement cinq cents coups de poignard qu'on lui donne. Ah ! ah ! ah ! Il ne peut se résoudre à tirer cette somme de ses entrailles, et la peine qu'il souffre lui fait trouver cent moyens ridicules pour ravoir son fils. Ah ! ah ! ah ! Il veut envoyer la justice en mer après la galère du Turc. Ah ! ah ! ah ! Il sollicite son valet de s'aller offrir à tenir la place de son fils jusqu'à ce qu'il ait amassé l'argent qu'il n'a pas envie de donner. Ah ! ah ! ah ! il abandonne, pour faire les cinq cents écus, quatre ou cinq vieux habits qui n'en valent pas trente. Ah ! ah ! ah ! Le valet lui fait comprendre à tous coups l'impertinence de ses propositions[50], et chaque réflexion est douloureusement accompagnée d'un : « Mais que diable allait-il faire à cette galère ? Ah ! maudite galère ! Traître de Turc ! » Enfin, après plusieurs détours, après avoir longtemps gémi et soupiré... Mais il me semble que vous ne riez point de mon conte. Qu'en dites-vous ?

GÉRONTE. – Je dis que le jeune homme est un pendard, un insolent, qui sera puni par son père du tour qu'il lui a fait ; que l'Égyptienne est une malavisée[51], une impertinente, de dire des injures à un homme d'honneur qui saura lui apprendre à venir ici débaucher les enfants de famille[52], et que le valet est un scélérat qui sera par Géronte envoyé au gibet[53] avant qu'il soit demain.

---

50. L'impertinence de ses propositions : la sottise de ses propositions.
51. Malavisée : effrontée.
52. Les enfants de famille : les enfants de bonne famille.
53. Gibet : pendaison.

ACTE III

Scène 4

SYLVESTRE, ZERBINETTE.

SYLVESTRE. – Où est-ce donc que vous vous échappez ?[54] Savez-vous bien que vous venez de parler là au père de votre amant ?

ZERBINETTE. – Je viens de m'en douter et je me suis adressée à lui-même, sans y penser, pour lui conter son histoire.

SYLVESTRE. – Comment, son histoire ?

ZERBINETTE. – Oui, j'étais toute remplie du conte, et je brûlais de le redire. Mais qu'importe ? Tant pis pour lui. Je ne vois pas que les choses pour nous en puissent être ni pis ni mieux.

SYLVESTRE. – Vous aviez grande envie de babiller ; et c'est avoir bien de la langue que de ne pouvoir se taire de ses propres affaires.

ZERBINETTE. – N'aurait-il pas appris cela de quelque autre ?

54. **Où est-ce donc que vous vous échappez ? :** qu'avez-vous donc été raconter ?

ACTE III

Scène 5

ARGANTE, SYLVESTRE.

ARGANTE. – Holà ! Sylvestre.

SYLVESTRE, *à Zerbinette.* – Rentrez dans la maison. Voilà mon maître qui m'appelle.

ARGANTE. – Vous vous êtes donc accordés, coquin ; vous vous êtes accordés, Scapin, vous et mon fils, pour me fourber[55], et vous croyez que je l'endure ?

SYLVESTRE. – Ma foi, Monsieur, si Scapin vous fourbe, je m'en lave les mains, et vous assure que je n'y trempe en aucune façon.

ARGANTE. – Nous verrons cette affaire, pendard, nous verrons cette affaire, et je ne prétends pas qu'on me fasse passer la plume par le bec[56].

55. Fourber : duper, tromper.
56. Qu'on me fasse passer la plume par le bec : qu'on m'empêche de faire ce que je veux.

ACTE III

Scène 6

GÉRONTE, ARGANTE, SYLVESTRE.

GÉRONTE. – Ah ! seigneur Argante, vous me voyez accablé de disgrâce.

ARGANTE. – Vous me voyez aussi dans un accablement horrible.

GÉRONTE. – Le pendard de Scapin, par une fourberie, m'a attrapé cinq cents écus.

ARGANTE. – Le même pendard de Scapin, par une fourberie aussi, m'a attrapé deux cents pistoles.

GÉRONTE. – Il ne s'est pas contenté de m'attraper cinq cents écus, il m'a traité d'une manière que j'ai honte de dire. Mais il me la payera.

ARGANTE. – Je veux qu'il me fasse raison de la pièce[57] qu'il m'a jouée.

GÉRONTE. – Et je prétends faire de lui une vengeance exemplaire.

SYLVESTRE, *à part.* – Plaise au Ciel que dans tout ceci je n'aie point ma part !

GÉRONTE. – Mais ce n'est pas encore tout, seigneur Argante, et un malheur nous est toujours l'avant-coureur d'un autre. Je me réjouissais aujourd'hui de l'espérance d'avoir ma fille, dont je faisais toute ma consolation, et je viens d'apprendre de mon homme qu'elle est partie, il y a

57. **Qu'il me fasse raison de la pièce :** qu'il soit puni pour le tour qu'il m'a joué.

longtemps, de Tarente, et qu'on y croit qu'elle a péri dans le vaisseau où elle s'embarqua.

ARGANTE. – Mais pourquoi, s'il vous plaît, la tenir à Tarente, et ne vous être pas donné la joie de l'avoir avec vous ?

GÉRONTE. – J'ai eu mes raisons pour cela, et des intérêts de famille m'ont obligé jusques ici à tenir secret ce second mariage. Mais que vois-je ?

Gravure d'Argante pour *Les Fourberies de Scapin*, 1860.

ACTE III

Scène 7

NÉRINE, ARGANTE, GÉRONTE, SYLVESTRE.

GÉRONTE. – Ah ! te voilà nourrice ?

NÉRINE, *se jetant à ses genoux.* – Ah ! seigneur Pandolphe, que...

GÉRONTE. – Appelle-moi Géronte, et ne te sers plus de ce nom. Les raisons ont cessé, qui m'avaient obligé à le prendre parmi vous à Tarente.

NÉRINE. – Las ! que ce changement de nom nous a causé de troubles et d'inquiétudes dans les soins que nous avons pris de vous venir chercher ici !

GÉRONTE. – Où est ma fille, et sa mère ?

NÉRINE. – Votre fille, Monsieur, n'est pas loin d'ici. Mais, avant que de vous la faire voir, il faut que je vous demande pardon de l'avoir mariée, dans l'abandonnement[58] où, faute de vous rencontrer, je me suis trouvée avec elle.

GÉRONTE. – Ma fille mariée !

NÉRINE. – Oui, monsieur.

GÉRONTE. – Et avec qui ?

NÉRINE. – Avec un jeune homme nommé Octave, fils d'un certain seigneur Argante.

GÉRONTE. – Ô ciel !

ARGANTE. – Quelle rencontre !

58. **L'abandonnement :** la solitude.

GÉRONTE. – Mène-nous, mène-nous promptement où elle est.

NÉRINE. – Vous n'avez qu'à entrer dans ce logis.

GÉRONTE. – Passe devant. Suivez-moi, suivez-moi, seigneur Argante.

SYLVESTRE. – Voilà une aventure qui est tout à fait surprenante !

Maquette de costume pour Hyacinte, d'Agostino Pace.

ACTE III

Scène 8

SCAPIN, SYLVESTRE.

SCAPIN. – Hé bien ! Sylvestre, que font nos gens ?

SYLVESTRE. – J'ai deux avis[59] à te donner. L'un, que l'affaire d'Octave est accommodée. Notre Hyacinte s'est trouvée la fille du seigneur Géronte ; et le hasard a fait ce que la prudence des pères avait délibéré[60]. L'autre avis, c'est que les deux vieillards font contre toi des menaces épouvantables, et surtout le seigneur Géronte.

SCAPIN. – Cela n'est rien. Les menaces ne m'ont jamais fait mal, et ce sont des nuées qui passent bien loin sur nos têtes.

SYLVESTRE. – Prends garde à toi ; les fils pourraient bien raccommoder[61] avec les pères, et toi demeurer dans la nasse[62].

SCAPIN. – Laisse-moi faire, je trouverai moyen d'apaiser leur courroux[63], et...

SYLVESTRE. – Retire-toi, les voilà qui sortent.

59. **Avis :** nouvelles.
60. **Délibéré :** décidé.
61. **Raccommoder :** se réconcilier.
62. **Demeurer dans la nasse :** rester pris au piège (nasse : piège à poisson).
63. **Leur courroux :** leur colère.

ACTE III

Scène 9

GÉRONTE, ARGANTE, SYLVESTRE, NÉRINE, HYACINTE.

GÉRONTE. – Allons, ma fille, venez chez moi. Ma joie aurait été parfaite si j'y avais pu voir votre mère avec vous.

ARGANTE. – Voici Octave tout à propos.

ACTE III

Scène 10

OCTAVE, ARGANTE, GÉRONTE,
HYACINTE, NÉRINE, ZERBINETTE, SYLVESTRE.

ARGANTE. – Venez, mon fils, venez vous réjouir avec nous de l'heureuse aventure de votre mariage. Le ciel…

OCTAVE, *sans voir Hyacinte.* – Non, mon père, toutes vos propositions de mariage ne serviront de rien. Je dois lever le masque avec vous, et l'on vous a dit mon engagement.

ARGANTE. – Oui ; mais tu ne sais pas…

OCTAVE. – Je sais tout ce qu'il faut savoir.

ARGANTE. – Je veux te dire que la fille du seigneur Géronte…

OCTAVE. – La fille du seigneur Géronte ne me sera jamais de rien.

GÉRONTE. – C'est elle…

OCTAVE, *à Géronte*. – Non, Monsieur, je vous demande pardon, mes résolutions sont prises.

SYLVESTRE, *à Octave*. – Écoutez.

OCTAVE. – Non, tais-toi, je n'écoute rien.

ARGANTE, *à Octave*. – Ta femme...

OCTAVE. – Non, vous dis-je, mon père, je mourrai plutôt que de quitter mon aimable Hyacinte. *(Traversant le théâtre pour aller à elle.)* Oui, vous avez beau faire, la voilà celle à qui ma foi est engagée[64] ; je l'aimerai toute ma vie, et je ne veux point d'autre femme...

ARGANTE. – Hé bien ! c'est elle qu'on te donne. Quel diable d'étourdi, qui suit toujours sa pointe[65] !

HYACINTE, *montrant Géronte*. – Oui, Octave, voilà mon père que j'ai trouvé, et nous nous voyons hors de peine.

GÉRONTE. – Allons chez moi, nous serons mieux qu'ici pour nous entretenir.

HYACINTE, *montrant Zerbinette*. – Ah ! mon père, je vous demande par grâce que je ne sois pas séparée de l'aimable personne que vous voyez : elle a un mérite qui vous fera concevoir de l'estime pour elle quand il sera connu de vous.

GÉRONTE. – Tu veux que je tienne chez moi une personne qui est aimée de ton frère et qui m'a dit tantôt au nez mille sottises de moi-même !

ZERBINETTE. – Monsieur, je vous prie de m'excuser. Je n'aurais pas parlé de la sorte, si j'avais su que c'était vous, et je ne vous connaissais que de réputation.

---

64. Celle à qui ma foi est engagée : celle avec laquelle je me suis engagé.
65. Sa pointe : son idée fixe.

GÉRONTE. – Comment ! que de réputation ?

HYACINTE. – Mon père, la passion que mon frère a pour elle n'a rien de criminel, et je réponds de sa vertu.

GÉRONTE. – Voilà qui est fort bien. Ne voudrait-on point que je mariasse mon fils avec elle ! Une fille qui, inconnue, fait le métier de coureuse[66] !

ACTE III

Scène II

LÉANDRE, OCTAVE, HYACINTE, ZERBINETTE, ARGANTE, GÉRONTE, SYLVESTRE, NÉRINE.

LÉANDRE. – Mon père, ne vous plaignez point que j'aime une inconnue sans naissance et sans bien. Ceux de qui je l'ai rachetée viennent de me découvrir qu'elle est de cette ville et d'honnête famille ; que ce sont eux qui l'ont dérobée à l'âge de quatre ans ; et voici un bracelet qu'ils m'ont donné, qui pourra nous aider à trouver ses parents.

ARGANTE. – Hélas ! à voir ce bracelet, c'est ma fille que je perdis à l'âge que vous dites.

GÉRONTE. – Votre fille ?

ARGANTE. – Oui, ce l'est, et j'y vois tous les traits qui m'en peuvent rendre assuré.

HYACINTE. – Ô Ciel ! que d'aventures extraordinaires !

66. **Coureuse :** femme volage, séductrice.

ACTE III

Scène 12

CARLE, LÉANDRE, OCTAVE, GÉRONTE, ARGANTE, HYACINTE, ZERBINETTE, SYLVESTRE, NÉRINE.

CARLE. – Ah ! Messieurs, il vient d'arriver un accident étrange.

GÉRONTE. – Quoi ?

CARLE. – Le pauvre Scapin...

GÉRONTE. – C'est un coquin que je veux faire pendre.

CARLE. – Hélas ! Monsieur, vous ne serez pas en peine de cela. En passant contre un bâtiment, il lui est tombé sur la tête un marteau de tailleur de pierre qui lui a brisé l'os et découvert toute la cervelle. Il se meurt, et il a prié qu'on l'apportât ici pour vous pouvoir parler avant que de mourir.

ARGANTE. – Où est-il ?

CARLE. – Le voilà.

ACTE III

Scène 13

SCAPIN, CARLE, GÉRONTE, ARGANTE, ETC.

SCAPIN, *apporté par deux hommes, et la tête entourée de linges, comme s'il avait été bien blessé.* – Ahi ! ahi ! Messieurs, vous me voyez... Ahi ! vous me voyez dans un étrange état. Ahi !

Je n'ai pas voulu mourir sans venir demander pardon à toutes les personnes que je puis avoir offensées. Ahi ! oui, Messieurs, avant que de rendre le dernier soupir, je vous conjure de tout mon cœur de vouloir me pardonner tout ce que je puis vous avoir fait, et principalement le seigneur Argante et le seigneur Géronte. Ahi !

ARGANTE. – Pour moi, je te pardonne ; va, meurs en repos...

SCAPIN, à *Géronte*. – C'est vous, Monsieur, que j'ai le plus offensé par les coups de bâton que...

GÉRONTE. – Ne parle pas davantage, je te pardonne aussi.

SCAPIN. – Ç'a été une témérité[67] bien grande à moi que les coups de bâton que je...

GÉRONTE. – Laissons cela.

SCAPIN. – J'ai, en mourant, une douleur inconcevable des coups de bâton que...

GÉRONTE. – Mon Dieu, tais-toi.

SCAPIN. – Les malheureux coups de bâton que je vous...

GÉRONTE. – Tais-toi, te dis-je, j'oublie tout.

SCAPIN. – Hélas ! quelle bonté ! Mais est-ce de bon cœur, Monsieur, que vous me pardonnez ces coups de bâton que...

GÉRONTE. – Eh ! oui. Ne parlons plus de rien ; je te pardonne tout : voilà qui est fait.

SCAPIN. – Ah ! Monsieur, je me sens tout soulagé depuis cette parole.

GÉRONTE. – Oui ; mais je te pardonne à la charge que tu mourras[68].

---

67. **Une témérité :** une audace.
68. **À la charge que tu mourras :** à condition que tu meures.

SCAPIN. – Comment, Monsieur ?

GÉRONTE. – Je me dédis de ma parole[69] si tu réchappes.

SCAPIN. – Ahi ! ahi ! Voilà mes faiblesses qui me reprennent.

ARGANTE. – Seigneur Géronte, en faveur de notre joie, il faut lui pardonner sans condition.

GÉRONTE. – Soit.

ARGANTE. – Allons souper ensemble pour mieux goûter notre plaisir.

SCAPIN. – Et moi, qu'on me porte au bout de la table, en attendant que je meure[70].

Les Fourberies de Scapin (2016), mise en scène de la Compagnie Colette Roumanoff.

---

69. Je me dédis de ma parole : je ne tiens pas ma parole.
70. En attendant que je meure : dans certaines mises en scène, Scapin arrache son bandage.

QUESTIONS SUR L'ACTE III

AI-JE BIEN LU ?

1 Remets les actions dans l'ordre chronologique en les numérotant :

...... Scapin frappe Géronte caché dans un sac.

...... Argante et Géronte finissent par pardonner à Scapin.

...... Carle annonce que Scapin a été victime d'un accident.

...... Les intrigues amoureuses trouvent une fin heureuse.

...... Géronte et Argante apprennent que Scapin les a trompés.

J'ANALYSE LE TEXTE

Les personnages féminins : Hyacinte et Zerbinette (sc. 1)

2 Quelle crainte Zerbinette exprime-t-elle (l. 50-55) ?

3 Comment Hyacinte conçoit-elle l'amour, contrairement à Scapin ?

4 Hyacinte est-elle plus ou moins réaliste que Zerbinette ?

Scapin et la scène du sac

5 **a.** Quelle fourberie Scapin exerce-t-il à l'encontre de Géronte ?
b. Pourquoi en veut-il au vieillard (voir sc. 1, l. 92-95) ?

6 **a.** Quels différents rôles Scapin joue-t-il ?
b. Qui donne des coups de bâton ? À qui ?
c. Qui dit qu'il les reçoit ?

7 Selon toi, Scapin cherche-t-il seulement à se venger ou est-il entraîné par son goût du jeu ?

8 **a.** À quel moment Scapin se fait-il prendre ?
b. Comment chacun des personnages réagit-il ?

Le dénouement

INFO+

• Le **dénouement** survient à la fin d'une pièce de théâtre. C'est le moment où l'intrigue trouve sa solution.

• Molière termine souvent ses pièces par un **coup de théâtre romanesque** : retrouvailles et reconnaissances jugées souvent invraisemblables.

Les mariages résolus

9 Quel coup de théâtre lève tous les obstacles aux mariages des jeunes gens ?

a. Reconstitue les liens de filiation (fils, fille).

b. Souligne en rouge et en bleu chacun des couples formés.

Argante		Géronte	
↙	↘	↙	↘
....	....	....	....

La dernière fourberie

10 En quoi la dernière fourberie de Scapin consiste-t-elle (sc. 12 et 13) ?

11 **a.** Pourquoi Scapin l'a-t-il mise en œuvre ?

Coche les deux bonnes réponses :

☐ pour s'amuser

☐ afin d'obtenir de l'argent pour se soigner

☐ pour échapper à la vengeance des pères

b. Quel autre fourbe est son complice ?

12 Comment le spectateur s'aperçoit-il qu'il s'agit d'une fausse mort ? Appuie-toi sur une didascalie et sur le comportement de Scapin (sc. 13).

13 **a.** Scapin est-il finalement pardonné ?

b. Qui a le dernier mot de la pièce ? Qu'en penses-tu ?

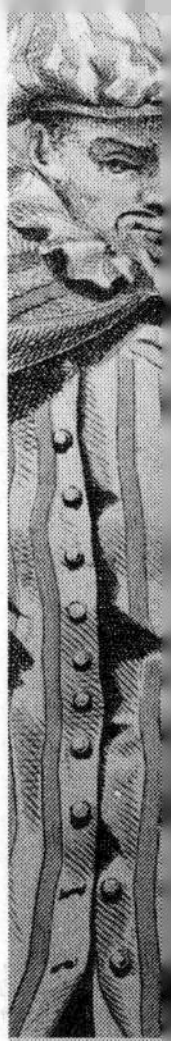

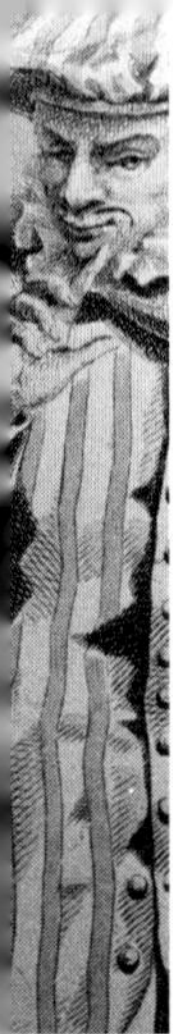

Le comique

14 **a.** Que raconte Zerbinette dans la scène 3 ?
À qui ?
b. Pourquoi le spectateur rit-il ?

15 **a.** Montre que la scène du sac met en jeu tous les types de comique de farce : mots, gestes, situation, caractère.
Voir Info + p. 39.

16 **a.** Dans la scène 13, combien de fois Scapin rappelle-t-il les coups de bâton donnés à Géronte ?
b. Dans quelle intention ?

JE FAIS LE BILAN

17 Complète le bilan avec les mots suivants.

coup de théâtre | farce | sac | vengeance

Zerbinette | mort | Hyacinte

a. Scapin n'a pu s'empêcher de se venger de Géronte, qui l'a trahi, en le cachant dans un .... pour le frapper.
b. Le dénouement repose sur un .... :
• Argante se trouve être le père de .... aimée de Léandre.
• Géronte se trouve être le père de .... aimée d'Octave.
c. Scapin échappe à la .... des pères en imaginant une dernière fourberie : il feint d'être blessé en se jouant de la ....
d. Le comique de .... (coups de bâton, jurons, vieillards dupés...) domine dans toute la pièce.

JE LIS DES IMAGES

Acte III scène 2 • scène du sac

▶ RETROUVE CETTE IMAGE EN COULEUR SUR LE RABAT DE COUVERTURE

Les Fourberies de Scapin (1981), film de Roger Coggio, avec Roger Coggio (dans le rôle de Scapin), qui frappe Michel Galabru (dans le rôle de Géronte, à l'intérieur du sac).

18 **a.** Décris Scapin et les spectateurs de la scène.
b. Où Géronte se trouve-t-il ?

19 Selon toi, Scapin prend-il du plaisir à son action ?

Acte III, scène 13

20 **a.** Dans quelle position Scapin se trouve-t-il par rapport aux autres personnages ?
b. Que font ces derniers ?

21 **a.** Décris l'atmosphère.
b. En quoi la mise en scène illustre-t-elle le dénouement ?

Les Fourberies de Scapin (1981), film de et avec Roger Coggio.

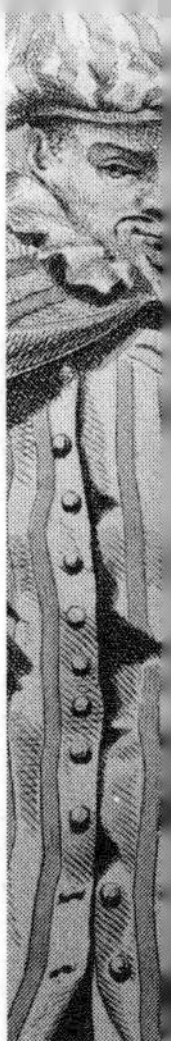

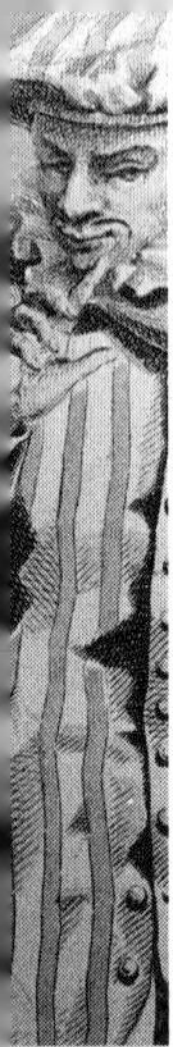

TOUS EN SCÈNE !

Jouer une scène de théâtre dans le théâtre

22 Jouez à deux au choix :
- la fin de la scène 3 (l. 273-295) ;
- la scène 5 (l. 500-507) de l'acte I.

> AIDE
> - Accentuez le comique : gestes, démarche, torse bombé, regard, expressions du visage.
> - Pensez à apporter des accessoires.

Jouer une scène de quiproquo comique (acte II, sc. 3)

23 Constituez deux équipes de trois comédiens pour jouer cette scène :
- équipe 1 : du début à la ligne 146 (« Je ne me souviens pas avoir fait autre chose ») ;
- équipe 2 : de la ligne 147 (« Tu ne veux pas parler ») à la fin.

> AIDE
> - Accentuez l'embarras de Scapin et la fureur de Léandre.
> - Travaillez les gestes et les déplacements d'Octave qui cherche à calmer Léandre.

Jouer la scène du sac (acte III, sc. 2)

24 Livre en main, une première équipe joue la première partie (l. 159-200) de la scène ; une seconde équipe joue la suite (à partir de la ligne 201).

> AIDE
> - Travaillez le rôle de Scapin jouant plusieurs personnages.
> - Entraînez-vous à dire le texte avec les accents.
> - Trouvez un accessoire pour le sac (imperméable...).
> - Mettez en valeur le comique de caractère de Géronte (peur, naïveté...).

Conquérir son indépendance

La Vie scolaire (2019), film de Grand Corps Malade (Fabien Marsaud) et Mehdi Idir, avec Liam Pierron (dans le rôle de Yanis Bensaadi) et Ibrahim Dramé (dans le rôle de Lamine).

Les Fourberies de Scapin : des jeunes en quête d'indépendance

Tensions en famille

Les relations entre les parents et les enfants, dans les pièces de Molière, sont souvent conflictuelles. Ainsi, dans *Les Fourberies de Scapin*, les pères autoritaires et avares imposent à leurs fils des mariages arrangés.

Dans les familles bourgeoises et nobles du XVIIe siècle, les enfants étaient soumis à l'autorité paternelle jusqu'à leur majorité et couraient le risque d'être déshérités s'ils se mariaient sans le consentement de leur père. Les fils endettés étaient conduits en prison et les filles récalcitrantes étaient enfermées au couvent.

Indépendance ou soumission ?

À la fin de la pièce, les scènes de reconnaissance dénouent artificiellement les tensions familiales. Les jeunes gens trouvent le bonheur en obéissant aux choix de leurs pères. Mais conquièrent-ils ainsi leur indépendance ? Ni Octave ni Léandre ne peuvent s'affranchir des lois de l'époque. Tant que leurs pères seront vivants, ils seront dépendants d'eux financièrement.

De nos jours, la coutume du mariage arrangé par les parents perdure dans de nombreux pays d'Afrique et d'Asie. Lorsque le consentement des mariés, en particulier celui des filles, est obtenu sous la pression de la famille ou de la société, on passe du mariage arrangé au mariage forcé. L'Unicef recense ainsi 12 millions de filles mariées de force chaque année dans le monde en 2018. C'est le sujet du film *Mustang* (2015) réalisé par Deniz Gamze Ergüven : dans un village turc, cinq sœurs luttent avec courage pour leur indépendance.

Devenir soi-même

La conquête de l'autonomie commence souvent par l'affirmation de soi dans la solitude : oser affronter l'inconnu ou enrichir son univers personnel, autant de façons de découvrir qui l'on est.

Partir à l'aventure

Traditionnellement, les enfants, surtout les filles, jouent sous la surveillance des adultes. Sido, la mère de l'écrivaine Colette, faisait preuve d'une grande originalité à son époque en laissant sa fille s'aventurer seule dans la campagne.

Extrait de *Sido* (1930), de Colette

La narratrice évoque le sentiment de liberté et de bonheur ressenti au sein de la nature, grâce à une mère confiante qui la laisse prendre son envol...

Car j'aimais tant l'aube, déjà, que ma mère me l'accordait en récompense. J'obtenais qu'elle m'éveillât à trois heures et demie, et je m'en allais, un panier vide à chaque bras, vers des terres maraîchères qui se réfugiaient dans le pli étroit de la rivière, vers les fraises, les cassis et les groseilles barbues.

À trois heures et demie, tout dormait dans un bleu originel, humide et confus, et quand je descendais le chemin de sable, le brouillard retenu par son poids baignait d'abord mes jambes, puis mon petit torse bien fait, atteignait mes lèvres, mes oreilles et mes narines plus sensibles que tout le reste de mon corps... J'allais seule, ce pays mal pensant était sans dangers. C'est sur ce chemin, c'est à cette heure que je prenais conscience de mon prix, d'un état de grâce indicible et de ma connivence avec le premier souffle accouru, le premier oiseau, le soleil encore ovale, déformé par son éclosion...

« Sido », de Colette

▸ QUESTIONS SUR LE TEXTE

1. a. À quel moment de la journée la narratrice quitte-t-elle la maison ?

b. Quel paysage découvre-t-elle ?

2. Classe les mots évoquant des sensations, par exemple le goût, l'odorat, la vue, le toucher.

3. a. Quelles émotions la narratrice ressent-elle ?

b. À ton avis, en quoi consiste la récompense accordée par Sido à sa fille ?

— *Fondamente Nuove* (1959), photographie de Willy Ronis

Willy Ronis (1910-2009), *Fondamente Nuove*. Venise (Italie), 1959.

Willy Ronis est un photographe français du XXe siècle ; son œuvre, récompensée par de nombreux prix, appartient au mouvement de la photographie humaniste qu'il définit comme « le regard du photographe qui aime l'être humain ».

▸ QUESTIONS SUR L'IMAGE

1. a. Décris la fillette représentée au premier plan.

b. Quel risque prend-elle ? Justifie ta réponse.

2. a. La scène est-elle vue de près ou de loin ?

b. La photographie est-elle en noir et blanc ou en couleur ?

c. Quelle ambiance le photographe crée-t-il ainsi ?

Développer sa vie intérieure

Les enfants deviennent indépendants en enrichissant leur culture personnelle par la lecture, le cinéma, la télévision ; les jeux vidéo leur donnent aussi l'occasion de se lancer des défis et de se confronter à leurs limites.

Extrait d'*Enfance* (1983), de Nathalie Sarraute

La narratrice, souffrant de la séparation de ses parents, trouve refuge dans la lecture qui élargit son horizon et développe son imagination...

Voici enfin le moment attendu où je peux étaler le volume sur mon lit, l'ouvrir à l'endroit où j'ai été forcée d'abandonner... je m'y jette, je tombe... impossible de me laisser arrêter, retenir par les mots, par leur sens, leur aspect, par le déroulement des phrases, un courant invisible m'entraîne avec ceux[1] à qui de tout mon être imparfait mais avide de perfection je suis attachée, à eux qui sont la bonté, la beauté, la grâce, la noblesse, la pureté, le courage mêmes... je dois avec eux affronter des désastres, courir d'atroces dangers, lutter au bord de précipices, recevoir dans le dos des coups de poignard, être séquestrée, maltraitée par d'affreuses mégères, menacée d'être perdue à jamais... [...]
C'est un moment de bonheur intense...

Nathalie Sarraute (1900-1999), *Enfance*, © Éditions Gallimard, 1983.

1. **Ceux** : les personnages du roman.

▸ QUESTIONS SUR LE TEXTE

1. Montre que la narratrice est emportée par la lecture. Appuie-toi sur des verbes à la première personne.

2. a. À quel type de personnage s'identifie-t-elle ?

b. Quelles aventures imaginaires vit-elle ainsi ?

3. Quel sentiment la lecture lui procure-t-elle ?

Se forger son propre jugement

Les enfants partagent la vie de leurs parents et adoptent souvent leurs goûts et opinions, puis, en grandissant, ils se confrontent au monde et se forgent leurs propres critères de jugement.

Extrait de *La Passe-miroir* (2013), de Christelle Dabos

Ophélie, adolescente solitaire, doit quitter sa famille et le monde d'Anima pour suivre son fiancé, Thorn, et survivre aux pièges et faux-semblants des courtisans de la capitale du Pôle...

Peu importait ce que pensait Thorn, Ophélie avait l'intime conviction qu'il ne pouvait pas y avoir que des hypocrites, des corrompus et des meurtriers sur cette arche. Il existait forcément des gens dignes de confiance. À elle de savoir les repérer. [...]
Sur Anima, Ophélie ne s'intéressait qu'à son musée[1]. Elle était devenue aujourd'hui, par la force des choses, plus curieuse des autres. Elle éprouvait le besoin de se chercher des points d'appui, des personnes honnêtes qui ne la trahiraient pas pour des rivalités de clans. Elle refusait de ne dépendre que de Thorn et de Berenhilde[2]. Ophélie voulait se forger sa propre opinion, faire ses choix personnels, exister par elle-même.

Christelle Dabos (née en 1980), *Les Fiancés de l'hiver*,
© Éditions Gallimard Jeunesse, 2013.

1. **Son musée :** musée où sont conservés des objets du monde d'avant et que dirige Ophélie.
2. **Berenhilde :** tante de son fiancé.

▸ QUESTIONS SUR LE TEXTE

1. a. Quels sont les goûts et centres d'intérêt d'Ophélie ?
b. Pourquoi a-t-elle été amenée à changer ?
2. a. Qui cherche à imposer son propre jugement à la jeune fille ?
b. Accepte-t-elle cet état de dépendance ?
3. Ophélie est-elle armée pour affronter les courtisans du Pôle ? Justifie ta réponse.

S'émanciper

Le petit enfant vit dans la dépendance affective de ses parents ; cette étape est nécessaire à son développement.
Mais, une fois adolescent, ayant gagné en assurance et en autonomie, il doit apprendre à se séparer de sa famille, et à la regarder avec un œil neuf et critique, sans pour autant renier ceux qu'il aime.

S'éloigner de sa famille

L'adolescent peut être amené à s'éloigner de sa famille pour diverses raisons : vacances, études, stages...
Le départ se révèle parfois douloureux tant pour les jeunes gens que pour leurs parents, mais ces derniers doivent les laisser gagner liberté et indépendance.
C'est ce que vit le héros d'un roman pour la jeunesse de John Green, *Qui es-tu Alaska ?*

▬ Extrait de *Qui es-tu Alaska ?* (2005), de John Green

Le narrateur, Miles Halter, âgé de seize ans, décide de quitter sa famille pour étudier dans un pensionnat en Alabama.
Ses parents l'accompagnent pour l'installer dans sa chambre...

Je me suis assis sur le lit du bas pendant que ma mère ouvrait ma cantine, sortait une pile de biographies dont mon père avait accepté de se séparer et les disposait sur les étagères.
– Je peux ranger mes affaires, maman, ai-je dit.
Papa s'est levé. Il était prêt à partir.
– Laisse-moi faire ton lit, au moins, a-t-elle plaidé.
– Non, je peux le faire, franchement. Pas de problème, ai-je répondu.

Parce qu'il arrive un moment où l'on ne peut plus faire durer ce genre de choses éternellement. Un moment où il faut retirer le sparadrap, même si ça fait mal. Mais après c'est fini et on est soulagé.
– Comme tu vas nous manquer, s'est soudain exclamée maman en se frayant un passage à travers le dédale de sacs jusqu'au lit.
Je me suis levé et je l'ai serrée dans mes bras. Papa nous a rejoints, et on a formé un petit tas compact. [...] Je sentais que j'aurais dû pleurer, mais je vivais avec mes parents depuis seize ans, et il y a longtemps que nous aurions dû faire un essai de séparation.

John Green (né en 1977), *Qui es-tu Alaska ?*,
traduit de l'anglais (États-Unis) par Catherine Gibert,
2005, © Éditions Gallimard Jeunesse.

▸ QUESTIONS SUR LE TEXTE

1. a. Quelle décision le jeune Miles Halter a-t-il prise ?
b. Comment la justifie-t-il à la fin du texte ?
2. a. Comment ses parents vivent-ils cette séparation ?
b. Miles y est-il insensible ? Justifie en citant le texte.
3. Et toi, dans quel état d'esprit es-tu lorsque tu es amené à quitter ta famille ?

Quitter son milieu socioculturel d'origine

L'éloignement entre parents et enfants peut prendre d'autres formes. L'adolescent, en grandissant, peut fréquenter d'autres milieux socioculturels que celui de sa famille. De ce fait, il acquiert des habitudes et des opinions différentes de celles de ses parents.
Annie Ernaux analyse ce phénomène avec justesse dans *La Place*, une œuvre autobiographique.

Extrait de *La Place* (1983), d'Annie Ernaux

Annie Ernaux évoque sa jeunesse et rend hommage à son père, ancien ouvrier devenu petit commerçant dans un village normand. Elle fait ses études au lycée...

Je travaillais mes cours, j'écoutais des disques, je lisais, toujours dans ma chambre. Je n'en descendais que pour me mettre à table. On mangeait sans parler. Je ne riais jamais à la maison. Je faisais de « l'ironie ». C'est le temps où tout ce qui me touche de près m'est étranger. J'émigre doucement vers le monde petit-bourgeois, admise dans ces surboums dont la seule condition d'accès, mais si difficile, consiste à ne pas être *cucul.* [...]
Mon père est entré dans la catégorie des *gens simples* ou *modestes* ou *braves gens.* Il n'osait plus me raconter des histoires de son enfance. Je ne lui parlais plus de mes études. [...]
Devant la famille, les clients, de la gêne, presque de la honte que je ne gagne pas encore ma vie à dix-sept ans, autour de nous toutes les filles de cet âge allaient au bureau, à l'usine ou servaient derrière le comptoir de leurs parents. [...] Il disait que j'apprenais bien, jamais que je travaillais bien. Travailler, c'était seulement travailler de ses mains.

Annie Ernaux (née en 1940), *La Place*,

▸ QUESTIONS SUR LE TEXTE

1. a. Quelle est la place des études dans la vie de la narratrice ?
b. Se sent-elle différente de son père ?
c. Pourquoi celui-ci ne comprend-il pas que sa fille fasse des études ?
2. Pour quelles autres raisons, à ton avis, un fossé peut-il se creuser entre parents et adolescents ?

— Photogramme de *Mustang* (2015), film de Deniz Gamze Ergüven

Le film Mustang, *de la réalisatrice Deniz Gamze Ergüven, a été récompensé par de nombreux prix en 2015-2016.*
Il raconte l'histoire de cinq jeunes sœurs turques luttant avec fougue et joie de vivre contre le pouvoir étouffant des hommes dans leur village.
L'image les montre lors des noces des deux aînées ; l'une d'elles est victime d'un mariage forcé.

Mustang (2015), film de Deniz Gamze Ergüven, avec Güneş Nezihe Şensoy (dans le rôle de Lale), İlayda Akdoğan (Sonay), Tuğba Sunguroğlu (Selma), Elit İşcan (Ece), Doğa Zeynep Doğuşlu (Nur).

▸ RETROUVE CETTE IMAGE EN COULEUR SUR LE RABAT DE COUVERTURE

▸ QUESTIONS SUR L'IMAGE

1. Quels éléments (visages, coiffures, vêtements) soulignent la grâce et la jeunesse des cinq sœurs ?

2. À quoi voit-on qu'elles sont solidaires ?

3. Quel est l'effet produit par le cadrage et la vue en contre-plongée ?

S'affirmer au contact des autres

Les relations en dehors du cercle familial sont l'occasion pour les enfants de développer leur autonomie et d'affirmer différentes facettes de leur personnalité.

Se réaliser dans la pratique d'une activité

La pratique d'une activité collective (sport, théâtre, danse...) permet d'intégrer un groupe et de partager des moments intenses de solidarité.
L'écrivain Albert Camus, passionné de football, évoque son enfance à Alger dans *Le Premier Homme*, un roman autobiographique.

Extrait du *Premier Homme* (1994), d'Albert Camus

Jacques Cormier, âgé d'une dizaine d'années, vit dans une famille très pauvre ; grâce à son instituteur qui a remarqué son intelligence, il a pu entrer en sixième dans un lycée d'un quartier bourgeois. L'intégration n'est pas facile pour lui...

Pour Jacques, il n'était pas question de goûter. Avec les mordus de football, il se précipitait dans la cour cimentée [...] Deux camps se partageaient la cour, les gardiens de but se plaçaient à chaque extrémité entre les piliers, et une grosse balle de caoutchouc mousse était mise au centre. Point d'arbitre, et au premier coup de pied les cris et les courses commençaient. C'est sur ce terrain que Jacques, qui parlait déjà d'égal à égal avec les meilleurs élèves de la classe, se faisait respecter et aimer aussi des plus mauvais, qui souvent avaient reçu du ciel, faute d'une tête solide, des jambes vigoureuses et un souffle inépuisable.

Albert Camus (1913-1960), *Le Premier Homme*,

▸ QUESTIONS SUR LE TEXTE

1. a. Quel sport Jacques pratique-t-il ?

b. En quel lieu ?

2. a. Jacques est-il doué dans ce domaine ?

b. Quelles relations entretient-il avec les différents groupes de la classe ? Justifie ta réponse.

3. As-tu fait une expérience semblable lors d'activités de groupe ?

— *L'Équipe de Cardiff* (1913), tableau de Robert Delaunay

Robert Delaunay est un peintre français qui a créé avec sa femme Sonia Delaunay le simultanéisme : il juxtapose sur des toiles colorées différents éléments de la vie moderne du début du XXe siècle.

▸ QUESTIONS SUR L'IMAGE

1. a. Décris l'action des joueurs de rugby.

b. Comment le peintre a-t-il montré la solidarité de l'équipe ?

2. Quels motifs de la vie moderne se superposent dans la partie supérieure du tableau ?

3. a. Quelles sont les couleurs dominantes du tableau ?

b. Quelles émotions traduisent-elles ?

Robert Delaunay (1885-1941),
L'Équipe de Cardiff, 1913.
Huile sur toile, 326 × 208 cm.
Paris, Musée d'Art Moderne.

▸ RETROUVE CETTE IMAGE EN COULEUR SUR LE RABAT DE COUVERTURE

Nouer une relation privilégiée

Les relations au sein d'un groupe, si chaleureuses et précieuses soient-elles, ne méritent pas souvent le doux nom d'amitié.
C'est ce lien privilégié qu'analyse Simone de Beauvoir dans son autobiographie.

Extrait des *Mémoires d'une jeune fille rangée* (1958), de Simone de Beauvoir

Simone, à l'âge de dix ans, s'est fait une nouvelle amie, Zaza.
Les deux petites filles se retrouvent souvent pour discuter, loin des jeux bruyants de leurs frères, sœurs et cousin.

[...] loin du tumulte, nous causions. C'était un plaisir neuf. Mes parents me parlaient, et moi je leur parlais mais nous ne causions pas ensemble ; entre ma sœur et moi, il n'y avait pas de distance indispensable aux échanges. Avec Zaza, j'avais de vraies conversations, comme le soir papa avec maman. Nous causions de nos études, de nos lectures, de nos camarades, de nos professeurs, de ce que nous connaissions du monde [...]
Zaza aimait comme moi les livres et l'étude ; en outre, elle était dotée d'une quantité de talents qui me faisaient défaut.

Simone de Beauvoir (1908-1986), *Mémoires d'une jeune fille rangée*,

▸ QUESTIONS SUR LE TEXTE

1. a. Explique la phrase : « Mes parents me parlaient... mais nous ne causions pas ensemble. »
b. Quels sont les sujets de conversation entre la narratrice et son amie ?
c. Qu'éprouve alors la narratrice ? Justifie en citant le texte.
2. Donne une définition de l'amitié à partir de la dernière phrase du texte.

— Photogramme du *Grand Meaulnes* (2006), film de Jean-Daniel Verhaeghe

Le film de Jean-Daniel Verhaeghe est une adaptation du roman d'Alain-Fournier paru en 1913.

Augustin Meaulnes, un jeune homme mystérieux et en quête d'aventure, vient vivre chez un couple d'instituteurs dans un village du Berry ; leur fils François Seurel, plus jeune, est fasciné par son nouvel ami...

Le Grand Meaulnes (2006), de Jean-Daniel Verhaeghe, avec Jean-Baptiste Maunier (François Seurel) et Nicolas Duvauchelle (Augustin Meaulnes).

▸ QUESTIONS SUR L'IMAGE

1. a. À quelle activité se livrent les deux adolescents ?

b. Décris le cadre à l'arrière-plan.

2. Comment leur amitié se traduit-elle sur l'image ?

3. À ton avis, quel personnage est le grand Meaulnes ? Lequel est François Seurel ? Justifie tes réponses.

Grandir en découvrant l'amour

La découverte de l'amour est encore une étape à franchir sur le chemin de l'indépendance. Le lien sentimental établi avec l'être aimé rend moins essentiel le lien parental.

Extrait de *L'Enfant noir* (1953), de Camara Laye

Le narrateur raconte sa jeunesse en Haute-Guinée. À l'âge de seize ans, il fait ses études à l'école d'apprentissage de Conakry quand il rencontre Marie…

Elle était métisse, très claire de teint, presque blanche en vérité, et très belle, sûrement la plus belle des jeunes filles de l'école primaire supérieure ; à mes yeux, elle était belle comme une fée ! Elle était douce et avenante, et de la plus admirable égalité d'humeur. Et puis elle avait la chevelure exceptionnellement longue : ses nattes lui tombaient jusqu'aux reins. […]

Marie m'aimait, et je l'aimais, mais nous ne donnions pas à notre sentiment le doux, le redoutable nom d'amour. Et peut-être n'était-ce pas non plus exactement de l'amour, bien que ce fut cela aussi. Qu'était-ce ? Au juste qu'était-ce ? C'était assurément une grande chose, une noble chose : une merveilleuse tendresse et un immense bonheur.

Camara Laye (1928-1980), *L'Enfant noir*,

► QUESTIONS SUR LE TEXTE

1. a. Quel portrait le narrateur fait-il de Marie ?
b. Relève les adjectifs qui la caractérisent.
Sont-ils mélioratifs ou péjoratifs ?
2. a. Quel sentiment les jeunes gens éprouvent-ils l'un pour l'autre ? Justifie en citant le texte.
b. Pourquoi n'osent-ils pas le nommer ?
3. Est-ce, à ton avis, la dernière étape vers l'âge adulte ?
Justifie ta réponse.

Dans la même collection

L'Avare, de Molière

Riche et terriblement avare, Harpagon se méfie de tout le monde, même de ses deux enfants. Mais quand il leur dévoile ses intentions – épouser Mariane, dont Cléante est amoureux, marier Élise à un vieillard et Cléante à une veuve –, ceux-ci se rebellent. Une grande comédie dont le personnage principal fait rire et inquiète, tant son amour de l'argent est extrême.

TABLE ICONOGRAPHIQUE

Couverture		ph ©	Brigitte Enguerand / Divergence
Rabat 1 int		Coll.	CHRISTOPHEL © Gerland Productions / DR
Rabat 1 ext		ph ©	Agathe Poupeney
Rabat 2 int		ph ©	Cinema / Canal+ / Cnc / The Kobal Collection
Rabat 2 ext		ph ©	Photo Josse / Bridgeman Images
Frise		Coll.	Archives Hatier
3		Coll.	Christophel © Gaumont - Mandarin Production - Kallouche Cinema
6		Coll.	Musée Condé
7		Coll.	Archives Hatier
11		ph ©	Gerland Productions / Collection CSFF / Bridgeman Images
15		ph ©	Bernard Michel PALAZON
43		ph ©	Agathe Poupeney
77	h	ph ©	Brigitte Enguerand / Divergence
77	b	ph ©	Agathe Poupeney
88		ph ©	Pascal Victor / ArtComArt
96		ph ©	Jean-Paul Dumontier / LA COLLECTION
98		Coll.	Archives Hatier © Agostino Pace
105		ph ©	Sita Productions - Colette Roumanoff
109	h	Coll.	CHRISTOPHEL © Gerland Productions / DR
109	b	ph ©	Gerland Productions / Collection CSFF / Bridgeman Images
111		Coll.	Christophel © Gaumont - Mandarin Production - Kallouche Cinema
114		ph ©	Ministère de la Culture - Médiathèque de l'architecture et du patrimoine, Dist. RMN-Grand Palais / Willy Ronis
120		ph ©	Cinema / Canal+ / Cnc / The Kobal Collection
122		ph ©	Photo Josse / Bridgeman Images
124		Coll.	CHRISTOPHEL © Etienne GEORGE / TFM Distribution

Iconographie : Hatier Illustrations

Graphisme : Mecano – Laurent Batard

Mise en pages : Alinéa

Édition : Clotilde Diet, Tina De Filippo, Alice Petit

Illustrations : Patrick Deubelbeiss

Hatier s'engage pour l'environnement en réduisant l'empreinte carbone de ses livres. Celle de cet exemplaire est de : 300 g éq. CO_2 Rendez-vous sur www.hatier-durable.fr

PAPIER À BASE DE FIBRES CERTIFIÉES

Achevé d'imprimer en Espagne par Black Print

Dépôt légal 06352-5/02 - Mai 2021